冰心散文奖

获奖作家散文自选集

故乡的光与影

王桂宏 著

组　　稿：中国散文学会

总 主 编：周　明　红　孩

执行主编：凌　翔

中国经济出版社
CHINA ECONOMIC PUBLISHING HOUSE

·北京·

图书在版编目（CIP）数据

故乡的光与影 / 王桂宏著.

—北京：中国经济出版社，2019.12

（“冰心散文奖”获奖作家散文自选集 / 周明，红孩，凌翔主编）

ISBN 978-7-5136-5682-5

Ⅰ. ①故… Ⅱ. ①王… Ⅲ. ①散文集—中国—当代

Ⅳ. ① I267

中国版本图书馆 CIP 数据核字（2019）第 082342 号

策划编辑 崔姜薇
责任编辑 焦晓云
责任印制 马小宾
封面设计 陈 姝
封面插图 阿 秋

出版发行 中国经济出版社
印 刷 者 唐山楠萍印务有限公司
经 销 者 各地新华书店
开　　本 710mm × 1000mm 1/16
印　　张 13
字　　数 168 千字
版　　次 2019 年 12 月第 1 版
印　　次 2019 年 12 月第 1 次
定　　价 49.80 元
广告经营许可证 京西工商广字第 8179 号

中国经济出版社 **网址** www. economyph. com **社址** 北京市东城区安定门外大街 58 号 **邮编** 100011

本版图书如存在印装质量问题，请与本社发行中心联系调换（联系电话：010-57512564）

畅读文学精品　阅读写作交流

扫码可得更多延伸内容

目　录

第一辑　情分深深

第二辑　回味乡趣

第三辑 风俗留痕

第四辑　美味余香

第五辑　美景瞬间

第一辑　情分深深

慈祥姑妈

在我众多的长辈里，我最崇敬的要算上海的姑妈了。20 世纪 60 年代是个特殊的年代。那时，我六七岁。在我的记忆里，天是蓝的，水是清的，地上就是土疙瘩，而锅里碗里永远都是稀饭、青菜、胡萝卜。由于肚子饿得慌，加上没有什么油水，嘴巴经常沥口水。第一次改变这个印象，是我到上海姑妈家开了大荤，味蕾大开后，至少在姑妈家走亲戚的那十几天里，我没流口水。

记得那年天冷得早，刚进 10 月，就已经下霜了。早晨起来，路边的小菜园里的青菜像抹了一层白粉。俗话说，霜打过的青菜赛羊肉，爸爸特地给姑妈准备了一大篮子青菜。一天下午，爸爸要送姑妈去上海，顺便到上海玩几天。姑妈说什么也要带上我，说是让我去开开眼界长长见识。我也很好奇外面的世界，拉着爸爸的手不放。就这样，我跟随姑妈和爸爸踏上了去上海的路。我们先是坐小轮船到泰州，第二天再乘汽车到高港，接着登上了去上海的东方红 404 客轮。在轮船上，我就大享了一次口福。轮船上供应的晚饭类似于现在的快餐，就是大碗饭，上面盖着一大块肥五花肉，估计有一两重。我看到那块大肥五花肉，兴奋得手舞足蹈，心满意足地吃完了一大碗饭。我跟爸爸说还想吃一碗，其实肚子已经饱了，就是还想吃那块大五花肉。姑妈猜透我的心思，又给我买来一大碗。我到现在都记得，当时的价格是每碗 3 角钱。看来，一大碗饭我是肯定吃不下的。姑妈将我领到舱外，避开人群，将肉夹进我碗里。其实姑妈家并不富，她和姑父也就是普通的产业工人，但为了让我再吃上一块五花肉，她舍得花钱。

到了上海，口福大开。大城市在吃上的一切都令我惊奇。记得刚到上海，见到姑父，见面礼就是一个大苹果。我从未见过大苹果，以为是小香瓜，还闹出个要扒瓜瓤的笑话。那苹果的味道，可不是农村的香瓜能媲美的，又脆又甜，甜中还夹着余香，害得我吃完苹果老是舔嘴唇。中午吃饭时，香喷喷的米饭热气腾腾，菜是青菜烧狮子头（在我们家乡叫斩肉），居然还有一大盆红烧肉，而且那红烧肉块特别的大，每块都像小麻团，吃一块是一块，真扎实。而我在乡下吃肉，不是炒肉丝，就是炒肉片。肉丝会躲在大蒜或韭菜里很难找出来，肉片则埋伏在黄芽菜里，也必须耐心地找。我终于明白，肉还有这种吃法。我很感激姑妈让我开了“眼界”。自此，我小小的心灵里便埋下了一颗要去城里生活的种子。去了一趟上海，在姑妈家大开嘴福，姑妈那慈祥脸庞在我心目中留下了深深的印记，以至于回家快一个月了，我还不适应，总觉得家里吃得太差了，闹得有一次爸妈一齐发火：“你以为姑妈家天天那样？他们有时月底还借钱呢！”随着年龄的增大，我越来越理解这句话了。

姑妈有很多兄弟，姑父是安徽人，也有很多兄弟姐妹在农村。凡是在农村的，日子都过得紧巴巴的，有时甚至还要饿肚子。姑父和姑妈心里明镜似的：这些在农村的穷亲戚靠谁呢，只能靠城里的他们。姑妈一生无儿女，家里负担轻，虽然工资不高，但能省则省，省下来招待我们这些乡下来的穷亲戚。有一件事让我至今难忘。那时我已经提了排长，有一次去江西带新兵路过上海。路过上海只能转车，而转车要等待五六个小时。我抓住这个时间空隙，决定去看看姑妈。当然，这次不是为了解嘴馋，因为到了部队生活条件已经好多了。在姑妈家里只有短短的几小时，但我做了一件事，至今不后悔。我听到姑父和姑妈说悄悄话，意思是姑父安徽的亲戚第二天要回去，看能不能给凑20元钱。听姑妈的口气很为难。我刹那间想起小时候父母发火时说的话，心里全明白了。我下意识地摸了摸兜里刚发的工资。当姑妈转头的时候，我很不经意地说了一句："这次去江西带兵，刚发的工资，不便带在身上，先放你们这里吧。"姑妈是个聪明人，她明白我这么说既解了她的燃眉之急，又给她台阶下。她很感激地说："也好。借我用用吧，过几个月还你。"我还能说什么呢，这就是我的姑妈。我的泪水从眼眶里流出来。我深深地知道，钱多钱少不是主要的，主要的是一个人不能把钱看得太重。要舍得，舍得把钱给别人用，而自己还愉快着。姑妈正是这种人。

篾匠队长

我要说的篾匠队长叫陈式海，其实就相当于现在的村主任。因为他会篾匠活，村里人都称他篾匠队长。我们村是水乡，清清的河水静静地环绕着房子台阶下的河沿，遇到起风，会发出轻微的拍岸声。见到水，就能见到小竹林。家家不是门前就是屋后，总会见到一小片竹林。竹竿挺直，竹叶繁茂。

“文革”末期，塑料制品还是稀罕物。盛装物品的器具都是竹篾做的。陈式海的竹篾编制手艺派上了用场。村里的竹子多的是。他先是编挑土用的簸箕，哪家缺了哪家来拿；有时看谁家劳动时簸箕坏了，晚上准见他送一对崭新的簸箕到那家。好在那时没有商品经济的概念，无论是给谁家编簸箕，他从不收一文钱。说实在的，那时村里生产队的男女社员们朴实得要命，最多也就说几句客气话，真要收钱还真拿不出来。好在家家门前屋后都有竹林，陈队长可以随便到哪家的竹林去砍老了的竹子，这户人家除了帮忙，最多给他提个小条件：帮忙编个小竹篮子，淘淘米洗洗菜。

篾器家伙是村民们生产生活离不开的必需品。装稻运粮要箩筐，砻谷舂米要盘篮，撑船要竹篙，罱泥要罱篙，煮饭要淘箩，床上要凉席。光筛米的筛子，就分好多种类：米筛、糠筛、隔筛、漏筛。陈队长虽然当村主任，但为村里人做些篾匠活，还真是英雄有了用武之地，也深受村民的喜欢和拥戴。

我那时高中刚毕业，在村里算是个有文化的人。村里没什么地方好玩，就经常跑到他家院子去看他编竹篮、箩筐。陈式海高高的个子，黑黑的脸膛，眼眉很浓，目光很有神，虽不算是五大三粗，但显得很有精神，给人一种有力量、很踏实的感觉。我记得很清楚，他有一把窄长的米篾刀，刀背很厚，刀刃很锋利。这把刀，他运用得十分熟练。一根竹子到他手上，一刀下去，不管大竹小竹，劈成两半后，一般大小，再劈成四开，仍然很匀称。我特别佩服他能把竹子劈成篾条，然后再劈成篾片。篾片一样大小，一样厚薄。他能把一根篾条劈成九层篾片，薄如纸张，举起来能照见亮光。他还能熟练地把篾片分成篾丝。有了这些篾条、篾片、篾丝，各种各样用途的篾制品就源源不断地做出来了。当长长的竹篾条像轻快的燕子在他的手中有节奏地来回穿梭的时候，我们往往开始交流对话。

他总是未说话先笑一笑："桂宏呀，你从港口中学回来啦？"

我"嗯"了一声，目光仍然停留在他那正在编的竹篮子上。

"高中毕业啦？下田劳动呀？"他随口问我，语气里明显包含着关心。我从他的语音中听得出来。没等我回话，他又说："你在港口是高才生，我们全乡都知道，村里的小学还缺民办教师，村里给公社推荐推荐，你也叫你爸爸跟学校的校长说说。看你这把身子骨，可不是下田劳动的料呀！"

陈大队长的语音里充满了关心和对知识、文化的尊重，我听了激动不已。

以后的日子，我往村主任家跑的次数更多了。我们谈得很投机，谈得很靠谱，谈得很有收获。那年麦苗青青菜花黄的时候，学校的领导把我叫去了，只问了几句话，然后直奔主题：学校也需要一些文化条件好些的高中生做民办教师，问我干不干。我当然求之不得，连连点头表示感谢。学校的领导很幽默地对我说："待遇很低呀，恐怕很难填饱肚子。"听了这话，我心里很明白。民办教师在大队里算是一份很体面的工作了。再说想进来当民办教师的毕业生多得很，排着队呢。我不停地表示感谢。校长不等我回话，又笑着说："每月 12 元，大队里年终再给些稻米什么的，每月加起来能拿到 20 元左右。"我当即再三表示，一心当好民办教师，不计报酬为革命，一颗红心献给党。校长挺满意。好事就来得这么快，居然没用送一分钱的礼，我心里很纳闷，连感谢谁都不知道呢。

我上班了，教小学一年级。之后叫我名字的人少了，"王老师"成了我的代名词。我一有空还是去看陈大队长编竹筐，但他从来没有提起过这件事，好像这件事他压根儿就不知道。后来我参军了，才知道我当代课教师原来是陈大队长推荐的，当然，还有村里一把手支部书记的同意。现在回想起来，那时候的人多么朴实、多么善良，篾匠队长的形象在我的心里也高大起来。我不但敬佩他熟练的竹艺，更敬佩他高尚的品格。

专家父亲

我的父亲很了不起，这并不是因为当儿子的偏爱父亲。父母开了个磨豆腐的小作坊，在农村就是个卖豆腐的。卖豆腐也能在四邻八乡有名气，还是挺不容易的。

人生有三苦：撑船、打铁、磨豆腐。我是伴随着父母的悠悠转动的石磨慢慢长大的。磨豆腐需要大量的水，小时候我们家天井里、屋子里到处都是大肚子缸，不是装豆腐就是装黄豆，要么就是盛水。每到下午太阳快要沉到村西树林时，父亲就会挑起水桶往河边走去。我真正知道挑水的艰辛，是在小学三四年级时，父亲给我和弟弟准备了一个桶，我俩放学后到河边抬水。抬一两桶水不吃力，天天抬，那肩膀、那脚板既酸又痛，有一种说不出的难受。

20 世纪 60 年代，家家户户都得挑河水，自来水这个名词在农村就没人听说过。但我父亲大胆决策：自家安装“自来水”。设计安装全由我父亲指挥。他在河边石磨码头边上砌了一个不到 1 米高的小泵房，把小型汽油机安装在里面，把水泵的一头安装到河水中。自来水管从我家一直铺到河边码头。我家大水缸边的墙上接了一个小龙头开关。水能从河里“爬”到家里来，这让村民们大开眼界。

一阵鞭炮声响过之后，我家的水龙头一打开，哗哗的河水直往水缸里淌，引来围观的邻居唧唧的惊奇声。父亲将抽上来的河水用明矾沉淀，一缸缸的水清澈见底，困扰多年的挑水难题迎刃而解。我父亲并不满足，他继续动脑筋，在家里的平房屋顶上砌了一个圆圆的水塔，把河中的水抽进去，既能起到净化作用，又能在不开马达的情况下，水照样由于水塔的压力自动流出来，成了真正的自来水。这个水塔现在还在我老家的平房顶上静静地伫立着。

解决了挑水的问题，磨豆腐还有一大难题，就是人工拉磨，既费力又费时。儿时，父亲的石磨不大，一只手转动磨子上的柄，另一只手不停地往磨眼里添黄豆加水。靠着臂力，一圈又一圈地旋转，雪白的豆浆从两块石磨的空隙间慢慢地流淌到下边的缸里。夏天，父亲的额头上永远都泛着汗珠；冬天，父亲也只穿件薄薄的棉衫。磨子悠悠地旋转，豆浆无声无息地流淌。三更起床开始磨浆，一盏微弱的小油灯，昏暗的灯光不停地晃动。每当公鸡的叫声从远处传来，父亲的小石磨就转得更快了。母亲当下手，陪着父亲，手脚也不停歇。当窗外渐渐明亮起来，当院子里的香橼树上的香橼果能看得清清楚楚的时候，10 多斤黄豆的磨浆工序就渐渐接近尾声了。磨浆是耗时耗力的体力活、工夫活。父亲天天琢磨，开动脑筋想办法。他又要当一次土专家了。

他在家里设想：能不能把磨子直径加大，上面的磨盘用皮带带动？可是，60 年代末，村里没有电。没有电，马达怎么开动起来呢？没有马达，皮带怎么装起来？他终于大胆决策：自备柴油发电机。这真可谓一举三得：家里照明、自来水抽水泵汽油机改马达、石磨皮带也用马达。看来柴油发电机是首要关键。那时由于豆腐店也赚了些钱，凑够柴油发电机的费用还是可以的。妈妈已经尝到了自来水的甜头，也支持父亲。

记得是 1971 年，我家用上了电灯。

有了电，马达就能转了。父亲的注意力全放到用皮带拉石磨的试验上。但用皮带带动石磨老是滑，我放学回来，老是看到父亲满头大汗地在试验。功夫不负有心人，用皮带带动石磨居然成功了，磨盘旋转的速度一下子快了六七倍。那上下磨盘缝隙之间流出来的豆浆像小溪流似的，直往缸里淌。父亲只要照看机器，母亲全神贯注地盯着吊在磨盘上方的木桶，及时添黄豆加水，一切就都省力地解决了。

我出去当兵那年，“四人帮”粉碎了，思想更解放了。家中盖起两层小洋楼。父亲发财了，我回家探亲时看到那墙上挂着的“勤劳致富”的匾。村干部喜气洋洋地给我介绍：“你父亲是土专家，也是闻名全县的第一批万元户。”这匾可是县长亲自发的。我看到站在一旁的父亲只是点点头，没有言语。只有我知道，这风光的背后是父亲大半辈子的汗水和智慧。

水乡赵本山

我说的这个水乡赵本山，名字叫王锦洲。他是我一年级时的同桌。王锦洲从小就聪明伶俐，幽默调皮。以后上初中、高中，我参军离乡，跟他的关系若即若离，但他那天然草根的幽默故事不时通过亲朋好友、官方人士、儿时同学传到我耳朵里。他的形象在我的心目中渐渐清晰起来。

那是2008年秋天，我偶尔打开中央电视台观看《乡约》节目，映入眼帘的竟是几十年不见的老同学王锦洲，那时他已经很有名气了。《农民笑星王锦洲》访谈节目共45分钟，分三节播放。中央电视台主持人冠之以“农民艺术家”。我看了访谈中老同学的精湛幽默表演，为之一惊，说他是水乡赵本山，这个称号一点儿也不为过。

他是姜堰淤溪镇人。一条泰东河由泰州城北的凤凰墩下的鲍坝缓缓向东台西溪流淌。历史上鱼米粮盐的运输都途经此地，这里成了水上驿站，淤溪镇也就成了北乡下河中的大镇。王锦洲就出生于泰东河以北不远淤溪镇的潘庄村。村子不大，也不怎么有名。但村南头的鲍老湖，方圆几十里，系泰东河上的重要码头，各地商人来来往往，热闹非常，天南海北的信息在这里汇聚。王锦洲流连成长于这湖上的商川舟楫之间。南来北往的见识，开阔的是眼界，留下的是志向。在他童年和青年时代，这样的生存环境播下了高远进取的种子。

艰苦执着的追求是他成功的条件。关于他追梦的足迹，我是回乡探亲时听说的。

听说他到外面折腾了几年又回到生他养他的地方。回到村上，就接上了地气。村干部都知道他口才好，会“唱凤凰”“说合子”，就推荐他进了村里的文艺宣传队。他开始超乎寻常的大显身手，在远近几十个村庄渐渐有了名气。许多关于他的小故事也就传出来。

“十斤小麦换笑话”就在全乡被传为笑话。王锦洲从小就浑身布满了搞笑的艺术细胞，那些原汁原味的农村生活素材，经他小脑子一转，就提炼出乡亲们喜闻乐见又充满水乡生活气息的快板书、三句半、小品、相声等作品。他不但自己创作，更重要的是他亲自表演。他头戴一顶苏北水乡的老太帽，一上台就搞笑，就像赵本山的形象。词编得生动，演得又格外有趣，看的人无不拍手称绝。看他演出的人越来越多，请他演出的村、乡小舞台也排着队。他除了晚上正规的演出，白天还去走村串巷。他演个搞笑节目，给他十斤小麦就行。他说几个段子，让你乐得合不拢嘴。笑一笑十年少，老百姓都很乐意。

他的名声随着“十斤小麦换笑话”的笑话慢慢地传开来，乡文艺宣传队破格将他录取，他的基本生活从此有了着落。他的成名作《四老汉改行》，是他自己根据村里改革开放初期几个农户发展生产的故事创作的。经过村、乡、县、市调演，获得了当年的扬州市文艺汇演大赛一等奖。获奖之后的兴奋更推进了他的创作进程，一批喜剧作品相继问世。前几天，我收到他寄来的群文作品集《秀口锦心》，翻开目录，方言说唱、方言韵白、方言小品、方言喜剧等充满泥土气息，扎根水乡生活的群文作品透出浓浓的油墨香气。我看了他的简介：王锦洲，自由职业，先后当选泰州市第十二届精神文明道德模范、海陵区政协第十三届政协委员、江苏省特色文化标兵、泰州市百姓名嘴、泰州晚报十佳达人秀。看到他取得的成绩，我打心眼儿里为儿时的伙伴高兴。

由此，我想起了我们儿时的一件笑谈。那是上高年级时，王锦洲的幽默就出了名。当时物质条件比较差，尤其是晚饭，有时不一定能吃到大米饭。他的父亲是教师，他的母亲很勤俭节约。那时他们家吃饭下面条比较多。下面条，不烧菜，放点酱油就打发过去了。还可以多喝些汤，垫垫消化功能特别强的胃。可王锦洲总是少喝汤，多吃面，因而父母少不了要教育他。他父亲是老师有文化，教育起来就讲些道理。记得一次中午我在他家玩，他家中午饭正在下面条。他父亲对王锦洲说，吃面还是多喝汤好，并来了一句顺口溜："吃面不喝汤，骨里要受伤！"哪知王锦洲随口对了一句："吃面不喝汤，骨里营养高。"弄得一家人都笑得合不拢嘴。我也是文艺爱好者，我把这个笑话在同学中传开来，一直到我参军，这个笑话翻了不少版本，还在乡村小巷中流传。记得有一次，我跟王锦洲说到这个笑话，他自信地跟我打赌："我将来一定要做乡下的小马季。"那时赵本山还没有出名，他的目标就立得那么高。

现在看来，他成功了。但他成功的背后，是无限的艰辛和坚韧的努力。读着王锦洲的作品集，王锦洲弯腰拉着艺术的犁铧在文艺的田野里耕耘的形象变得更大更高。王锦洲的作品的确很"土"，他演得也很"土"，但他接地气，演得惟妙惟肖，能让观众笑得前俯后仰。他的这种"土"，不是庸俗粗鄙，而是土得幽默、风趣、生动、鲜活，土得雅俗共赏。只有我了解他，也只有我懂得，只要坚持不懈地努力，就一定能梦想成真。王锦洲做到了，而且做得很出众。

钢笔先生

读小学一年级时，由于个子矮，我坐在第一排。上课时，同桌的王锦洲老喜欢划“三八线”，划来划去，一不小心，把我的墨水瓶连带“端钢笔”碰掉到地上。笔尖掉到地上，立马戳弯了。我弯腰拾起来，笔尖已经弯曲得不能写字了。好在校门口有个修钢笔的。修钢笔的是个五十开外的老头，我们都叫他钢笔先生。第一次修“端钢笔”就认识了“钢笔先生”。钢笔先生全部家当就是一只木箱，一个普普通通的木箱，盖子翻上去，全部工具、全部的配件都在木箱里。他总是早上满头大汗地将箱子背着来，借个凳子往门口一坐，下午早早地背着箱子离开。后来我才知道，钢笔先生不是村里人，他家离我们村子约有五六里田埂地。只要不刮风下雨，只要不是身体不适，他都会按时来到校门口。

钢笔先生人缘很好，谁来修钢笔他都是和和气气地接过笔，一边修还一边教育我们要爱护财物。他甚至还很幽默地说我们：“校长老师不是教育你们从小要爱护公共财物吗？公共财物要爱护，这钢笔属私人财物，私人物品要珍惜噢。”在我的印象中，不管是钢笔套子碎了，还是钢笔尖弯了，不管是螺丝帽丢了，还是挂笔的钢钩丢了，他从来没有说过难修，也不像现代人做生意玩噱头。该配的配上，该修的修好，你给个三分五分一毛钱，钢笔先生好像从来没有计较过。要是看到衣衫褴褛的小同学，他知道人家家里穷，往往不收钱。我虽然小，但货币交换的道理还是知道的。我心里总是忍不住好奇：他怎么生活呢！每天走五六里田埂路，难道就是到学校门口凑热闹？我曾经问过钢笔先生，他总是笑笑：好人有好报呀！他总是那么乐呵呵的。

钢笔先生的做人理念也影响了我，在我的小心灵里种下了做好人的种子。我坚信一个朴实的俗语：好人有好报。与钢笔有关的一件好人有好报的事实就发生在我的身上。

那时我已经小学快毕业了。上海的姑妈回乡探亲送给我一支金星牌钢笔作为毕业纪念。这可是一件大礼。笔管是黑色的，比一般的钢笔粗，钢笔的挂钩是镀了锌的，白色的，亮晃晃的。那笔尖据说是纯金的，金黄金黄的，在太阳光下闪耀着金色的光芒。我对这支钢笔爱不释手，不管什么时候都别在上衣的口袋上，显出一副知识分子的样子。

好人有好报的事就发生在菜籽堆上。在夏天刚刚到来的时候，麦子刚熟透，菜籽早已堆上了场。一天下午四点钟，母亲叫我到打谷场上去劳动，任务是把自家的菜籽堆翻开来透透气，以便干得快些。菜籽秸秆是不重的，我抱起来十分卖力，到太阳西斜的时候，就全部翻开了。之后我随母亲高高兴兴地回了家。可晚上做家庭作业时，一摸上衣口袋，却摸不到那熟悉的金星钢笔了。我急得直想哭。母亲安慰我说："可能掉到菜籽秆里了。不急，今天天黑了，明天去找找看。"

我抱着一线希望，天刚放亮就赶到打谷场。我仔细地翻找，什么也没有见到。也真是的，这么多的菜籽秆，一支小小的钢笔掉在里面，不能说大海里捞针，至少也相当于小河里捞针了。我怀着极其沮丧、极其失望的心情赶到学校上课。钢笔先生看到我一脸的不高兴，像霜打的茄子似的，关切地问我："怎么啦，什么事不高兴？"

我有气无力地回答："钢笔丢了！"

"丢哪儿啦？"他关切地问。

我心里想，知道丢哪儿还不早就找回来啦。我头也不回，进了学校大门。只听身后传来钢笔先生亲切的话语："小朋友，我借你一支'端钢'对付几天。"我赶忙转身，感激地拿起他递过来的"端钢笔"，连声感谢，然后往教室走去。

后来，母亲打下菜籽，用筛子筛出了钢笔。我喜出望外，拿在手里，反复拔出笔帽，欣赏那金光闪闪的金笔尖。我心里纳闷起来：钢笔先生不是说好人有好报吗，可我没做什么好事呀，怎么也有好报呢！我指的是钢笔失而复得。

第二天，当我唱着《学习雷锋好榜样》的歌曲，迈着轻快的步子走进校门，与钢笔先生的小木箱擦边而过时，钢笔先生笑着说："钢笔找到啦！"

我霎时明白，钢笔先生是好人，好人有好报，报在我身上了！

母亲的家法

在村里，我母亲脾气暴躁是出了名的。暴躁的脾气源于当时艰难的生活环境。母亲生了我们兄弟姐妹四人，年龄相近的两个孩子之间也就是相差两到三岁。到我上小学二年级的时候，兄弟姐妹四人已经全部到这个世上报到了。

父母做豆腐，每天不忙到下午两三点钟收不了摊子。你说我们这四个，一个比一个调皮，一个比一个难调教，要母亲耐着性子来讲道理，根本不现实。母亲有母亲的办法。她的办法就是家法伺候！母亲常用的家法有三件：一是笤帚疙瘩，扫地用的，家中的扫帚也比较多，用起来顺手；二是藤拍子，晒被子掸灰用的，总是在床头放着；三是擀面棒，母亲喜欢擀面条，青菜下面做起来方便，拿擀面杖当武器用起来也方便。当然这三大件家法，母亲用起来是很有分寸的。母亲从不打我们的头，屁股是首选，而且高高地举起，有分寸地落下来。当然，那时我们年龄很小，根本不知道母亲的这些技巧，总以为母亲太厉害了。父亲是个什么时候都不会发脾气的温和性格。母亲不管谁管？现在长大了，回过头来想想，母亲管得对，母亲的家法也用得恰如其分。家法让我们记得住疼痛，也更明了事理。

我亲身经历家法，至今记忆犹新。记得刚上小学一年级时，那是一个星期天的早上，隔壁邻居家小孩用蜘蛛网粘了个漂亮的小蜻蜓，正抓在手上玩。那时邻居之间院门敞开着，全是互通的。我就走过去，好奇地看着他手里的蜻蜓，我想借蜻蜓玩一会儿，他不借。我顺手伸过去，抓住蜻蜓，哪知他不撒手，蜻蜓被撕开两截。邻居家的小孩又哭又闹，不依不饶。母亲听到争吵声，从豆腐坊冲出来，连连安慰邻家小孩，不停地骂我，边骂边操起墙角处的笤帚疙瘩就往我屁股上打。我是一个非常懂得不吃眼前亏的人，转身就跑。我以为跑到街上就没事了，哪知刚跑到街上，还未回过神来，就听到母亲追来的沉重脚步声。母亲那粗哑的骂声也随着脚步声传来："叫你不要打架，你老惹祸，今天非打死你不可。"我一看母亲那架势，转身往河边跑去。我知道母亲不会水。母亲追来了，我"扑通"一声跳到河里，母亲站在岸边干瞪眼，无奈之下只得拎着笤帚回去了。事后，听说母亲不知从哪里逮了一只蜻蜓，赔给了邻居的小孩。我心里泛起了说不出的滋味。我深知：不是母亲粗暴，而是我抢人家东西不对。我理解母亲追到河边，那是让我长记性。

在我的记忆中，母亲的擀面杖打过我的屁股，也打过我弟弟的屁股，而且是同时打的。那时家里房子小，父母睡大床，床头横着一张小床铺，我和弟弟睡。霜降过后，天气就很冷了，父亲总是三更起床做豆腐。天亮了，母亲就叫我们兄弟俩起床。冬天的早晨，睡在温暖的被窝里，那股惬意是无法形容的。我俩各睡一头，母亲来催起床，催一遍，我们兄弟俩就互相用脚蹬对方，希望对方先钻出被窝。母亲一连催了三四遍，我们还没有钻出被窝。母亲肯定生气了，掉头从厨房的桌子上拿起擀面杖，吓得我俩一下就从被窝里钻出来，手脚忙乱地穿棉裤，穿棉袄，穿袜子。那时的衣服简单，我们几分钟就穿好下了床。母亲拎着擀面杖掉头走了。哪知，我那弟弟挺调皮，把冰凉的手伸到我胳肢窝里，弄得我忍不住大笑。他也熬不住咯咯地笑起来。那响亮的笑声传出房间，传到母亲耳朵里，母亲以为我们兄弟俩在背后嘲笑她拿擀面杖吓人，气不打一处来，转身又冲进来。我们被堵在房间里没有退路，尽管左躲右闪，每人屁股上还是不轻不重挨揍了三四下。好在有厚棉裤挡着，加之母亲手中有分寸，才没有造成严重后果。当然，屁股还是疼了好几天。

那时，弟弟因为脾气犟，不晓得三十六计逃为上计，所以，三大家法在弟弟身上使用频率最高。

时光荏苒，几十年一晃过去了。我们兄弟姐妹都长大了，都当几十年的爸爸妈妈了。春节回家看母亲，我们总是情不自禁地谈起母亲的笤帚疙瘩、藤拍子、擀面杖三大家法，笑得前俯后仰。我们总是拿弟弟开心，因为他脾气犟，不知道吃眼前亏的苦处。三大家法在弟弟身上使用频率最高。母亲老了，我们拿三大家法逗她，她总是笑笑，矢口否认有这些事。我们也心照不宣地笑笑。

我这个人喜欢联想。有一次到风景区溱湖游览，看到溱潼风景区的旅游纪念品很贫乏，我便向弟弟妹妹建议，何不把母亲的三大家法“笤帚疙瘩、藤拍子、擀面杖”缩小几十倍，做成钥匙扣，挂在扣子上当旅游纪念品。他们连声夸赞：好创意！但两个妹妹想了想，皱皱眉头站在维护母亲尊严的角度又提出了不同意见：家丑不可外扬。

我不这么想。我认为这是家法法制的萌芽，也是社会法制生动的实物雏形。我向溱湖风景区的好朋友领导提出这个创意，他们当着我的面连连称赞这是好创意，但至今没有响应。

打字机战友

20 世纪 70 年代末，我到苏州当兵，除了紧张的军事训练外，我还有个特长：业余时间写小说。我是背着 90 万字的长篇小说《青春闪光》初稿来到军营的，全团都知道有个新兵会写小说。

创作小说，尤其是业余时间写小说，那可绝对是一件自讨苦吃的事。一篇小说修改三四遍，就要誊抄三四遍，花费的时间和精力是可想而知的。那时没有电脑，只有打字机。在部队，只有团一级的机关部门才配备打字机。我作为一名连队的战士，是不可能使用打字机的。但我有一个好同学好战友莫登林，他在业余时间成了我的抄写员。他无私的友情、刚劲的笔迹，以及从不厌倦的态度为我创作更多的小说做出了巨大的奉献。他就是我小说创作的打字机。如果没有这台“打字机”，我小说创作的产量只能打对折。也就是说，我在苏州部队期间的几年中创作的近百万字的小说，如果没有他的誊写，我只能创作 50 万字。想起打字机战友，他的高大形象就会浮现在我的脑海里。

说到打字机莫登林，我俩不但有缘，而且我一直对他十分敬仰。莫登林的老家在港口镇上溪村，这是我母亲的娘家。我们在港口中学一个班读完三年高中。

我俩有一个共同的特点，就是文科都特别好。他更活跃一些，如果他也拿起笔，一定会写出很出彩的文章。

我俩真是有缘分，提干不久，先后调到一七八师政治部当干事。业余时间，我们经常在一起交流，尤其是我的小说创作。我经常会把小说的构思说给他听，征求他的意见。他总是不厌其烦地提出自己的见解。别看他没有动手写过小说，但提的意见句句在行。最让我感动的是他向我要小说初稿，并十分谦虚地说是想先睹为快。说心里话，小说初稿是不成熟的，谁有那闲情逸致来读我的不成熟的初稿呀，我的好战友莫登林愿意，这让我感动了好几天。因为作为小说作者，往往都是自信的，写出来的东西尽管不成熟，心里总希望有人读，总希望引起人们的关注。但我写初稿往往十分潦草，有些地方还会改得乱七八糟。我不忍心浪费好战友的宝贵时间。有一次，我俩相约周六逛公园。部队驻地是西兵营，西兵营北面翻过一座古老的石桥，沿着一条绿树成荫但不宽阔的石板路，往东走上 200 米就到了拙政园。我俩走进拙政园，边逛边聊天，留下了一段对话，我至今难忘。

“你的小说《开船》一发表，全市都出名了，我这老同学也跟着出名了。”他的话语中充满了真诚和敬佩。

“哎，写写玩玩的！”我谦虚地一笑。

“玩大了！我们作为你的同学都引以为傲。”他话锋一转，诚恳地问我中篇小说《野桂花》的创作进度。我曾经跟他聊过这篇小说的大致内容和构思。

“初稿已经写出来了，大约 2 万字，就是改得一塌糊涂。”

“我先睹为快可以吗？”

“就是太潦草，看不清。”

“反正都是编出来的！”

“晚上我去你宿舍拿初稿。”

“我送去！”

晚上路灯点亮的时候，他来到我宿舍。我真感动。我把初稿交到他手里，心里充满了歉意。这厚厚一大堆改得乱七八糟的小说草稿，得浪费他不少时间。

两周过去了，各忙各的工作，没有再提这件事。周末的晚上，又是路灯点亮的时候，他拿着一大沓小说初稿来到我的宿舍。他把厚厚的一沓稿纸递到我的手上，诙谐地说：“想不到，你这恋爱谈得还真有经验。写得不错，我顺便给你抄了一份。”

我这才感到拿在手里的小说稿纸厚度高了，原来他已经帮着誊抄了一遍。我拿着抄写得工工整整的小说稿子，激动得泪水从眼眶里涌出来。近 2 万字的稿子，得熬多少个夜呀！要知道抄写稿子可是无名英雄。我连连向他表示感谢！没有什么好感谢他，我只能一个劲儿地夸他的字工整、有力、清晰。

他摇摇头，脸上总是充满轻松而令人愉悦的笑容。说心里话，他也是一个排职干部，在师政治部干部科干着举足轻重的工作，巴结他求他的人不少，但他总是这么轻松地微笑，微笑中向战友们敞开他宽阔的胸怀。要说欠他的，欠什么我都可以还，唯独他帮我抄小说这隐名而单调枯燥的活儿，我是永远无法还他这个人情的。我把他送到宿舍门外的小路上，紧紧地握着他的手感激地说：“下次可不能劳驾你，不能让你当我的打字机！”

“见外了！我们之间什么感情。你说我是打字机，我乐意！”他松开手，头也不回地往前走去。营房的路灯隐藏在茂密的树叶丛中，昏暗的路灯泛着淡淡的光亮。我愣愣地站在路边，望着他慢慢消逝的背影。昏暗的灯光中，他的背影显得那么高大。

“我乐意”这三个字深深地印在我的脑海里。他那无私的友情永远铭记在我的心中。

将军零距离

我曾在60军178师炮团当战士，后调至军政治部干部处任干事。这时期的军长是将军李元喜。政治部、司令部在两个大院，我在政治部，李军长在司令部办公，除了汇报工作，我们见面的机会并不多，更说不上与将军零距离。我之所以用“将军零距离”这个题目，那是写的十几年之后对将军的了解、熟悉，直至无限的崇拜和敬佩。我的住房居然与李元喜将军在同一栋楼。

早上上班我有汽车接送。记得是一个秋天的早晨，秋风吹着秋雨，细细地洒向水泥路面。路上潮湿了。我刚上汽车，正准备叫驾驶员开车，突然不远处从健康路拐进来一辆带拖斗的三轮车，骑车人穿着一件军用雨衣，两只脚使劲地蹬着三轮车，不时抬头看路，直往我汽车这边骑来。我门前的这条路路面很平坦，但不太宽。我连忙朝驾驶员打手势，示意他把车往边上靠靠，让三轮车过去。从车窗往外看，我总觉得骑三轮车的老者有些面熟。但老者戴着雨衣帽，我看不太清楚。我见三轮车的拖斗里装的是建筑材料，估计是这幢楼里的住户请三轮车工人送货的。三轮车与汽车一会车，我的汽车驾驶员也发动车子往前滑行。我在心里只能把他定位为三轮车夫，因为这幢楼住的都是领导干部，谁会亲自蹬三轮车拉建筑材料呢！

下班回家汽车刚停稳，我就看到那三轮车空车从院子里出来。从玻璃窗往外看，那人至少是奔七十的老头，头发明显花白，脸色却非常红润，两条腿蹬三轮车的速度特别快。我仔细一打量，尽管是隔着一层车窗玻璃，但老军长的威武神态还是那么的熟悉。近20年不见，他的面容我还是记得很清楚的。我的心里突然升起几个疑问：李军长也住这幢楼？有这么巧的事？真的能跟李将军零距离？李军长怎么说也是将军，是个呼风唤雨的人物，他家装修还要他运材料？就算退休了，他的部下可是遍布沪宁线呀！他打个电话，这等小事还能搞不定？疑问归疑问，我赶紧下车迎上去。李军长见有人跟他打招呼，非常礼貌地下了车。我仔细一瞧，绝对没有看错，真的是李军长。我迎上前去，激动地自我介绍："李军长，我是政治部的小王呀！"

他仔细地打量着我，握了握我的手，似乎在回忆，嘴里连声说："我想想。"

军长记不清我是谁，这一点儿也不奇怪。他当军长时，一个军几万人，我一个干事，他虽见过，也很难记得。那时，我这个级别的军官有几千人，要让他记得我真是难为他了。但我记得他，永远记得他。因为一个军也就一个军长，当兵的记住军长并不奇怪。我赶紧提醒他："我是军政治部干部处的小王。"

"噢！王干事，对对对，想起来了，是不是那个会写小说的王干事呀？"还没有等我回答，他望着我的汽车问："现在在哪儿工作？是不是这幢楼的住户？"

我说是的，在市纪委办公室工作。

李军长握住我的手，慈祥而红润的脸上堆满了笑容："欢迎你做邻居。"

接着，他一脸认真地提醒我：“当邻居，我虽是你的老军长，可你是纪委干部，可要对我加强监督呀！”

后来我一打听，这幢楼是李将军的别墅拆除后盖起来的。李军长分了两套房，房子的装修都是他自己操办的，零星的材料全是用那辆带拖斗的三轮车拖运回来的。那三轮车还是他的代步工具。在他装修期间，从来没有人看到过挂军队牌照的卡车或小汽车出入这个院子。我真的感到很纳闷，他是将军，是一军之长，用辆军车还不是打个电话就能搞定的事。再说，他这个级别的干部是配有专车的，就是退休之后，也有专车。他这个年龄骑三轮车多不方便呀！可他就这样做了。我们就住在一幢楼里，可以说是零距离了，随着时光的推延，对他的了解越来越多，我的心也越来越受到震动，将军的形象在我的心中显得越来越高大。

住这幢楼的干部，最大的是军长，最小的是我——一个副处级的纪检干部。楼里要选楼长。讲起来楼长也是管事的官，但在楼里也就是一个跑腿服务的：垃圾的清理要安排运送，公用费用的分摊要上门收，特别是一些难办的事儿，都得楼长来管。说穿了，既要出力，又得罪人。谁来当楼长？我官职最小，看来这服务的任务理所当然地要落到我肩上了。我家属在街道办当干部，她主动要求当楼长。想不到还有比她更主动的。

在征求住户意见时，李军长自告奋勇，语气不容商量，而且讲了一大堆理由，主要理由就一条：整个楼，其他人都还在上班，就他一个离休的，闲着也是闲着，为大家做点事，心里坦然。

“你可是军长呀！”我吃惊地连连摆手，“我家属是街道管社区的，她年轻又熟悉情况，让她来为大家服务吧！”

李将军虽离休几年了，但军长的风范不减当年。他手一挥：“我当楼长，你家属当副楼长，就这么定了！”

我连一句合适的话都找不到，只能不停地点头。军长当楼长，这事我可从来没听说过。但我毕竟是他的兵，服从命令不容商量。我回家跟家属一说，家属也感到不妥，但也想不出好办法，只能用行动来感激老军长来当这个头儿。

李军长当军长跃马扬鞭，驰骋疆场；当楼长仍然是威风不减，办事雷厉风行，尽心尽力。他没有把自己当成军长，而是始终把自己当作一名楼里的服务员。楼道里的卫生开始全是他打扫，后来找来一个看门带搞卫生的工作人员。他先是与看门的工作人员谈待遇，谈完了又一家一户登门征求意见，然后又一家一户地收费汇总。军长做事很认真，这让楼里的住户们都不敢相信自己的眼睛。收费结束后，他把公摊的费用用一张纸列出清单，张贴在门上。

楼里有了工作人员，必须装公用电、水。他亲自跑供电部门，跑自来水公司。一晃十几年过去了，老军长已经是满头白发，但他仍然当楼长，仍然做着为全楼服务的烦琐事。他的形象在我们的心中越来越高大，我们对他越来越敬佩。

与将军零距离，受到的教育却是百分之一百。

赵才才有才

赵才才比我年长 10 岁左右。我在 20 世纪 80 年代末调到镇江市纪委办公室当文字秘书时，他是市纪委的常委。他是我的领导，更是我精神上的老师。一般人不理解这句话的含义，而我在和赵才才共事的岁月里，深深地体会到赵才才高尚的品德和出色的文采。赵才才的才能不仅体现在润物细无声的政治影响力上，还体现在他散见于报纸杂志的诗歌中。赵才才年轻时爱好诗歌创作。1962 年，他大学二年级就在《河北文学》杂志发表了诗歌《星星月亮哪去了》，并引得一片称赞。他先后创作了 100 多首诗词。

我和常委赵才才有缘分，但绝大多数同事并不知道这种缘分来自共同的文学爱好。赵才才在市纪委算是一支比较低调的笔杆子。他高高瘦瘦的个头，总是一副神清气爽的样子，走路速度不快，说话语速很慢，像是始终处于思考状态。我是办公室的文字秘书，主编和上报市纪委的信息动态。这是最典型的单位的笔杆子秘书。而赵才才是市纪委公认的笔杆子。两支笔杆子自然走得近一些，但赵才才为人低调，因而我们二人的关系并没有引起任何人的关注。只有我心里明白，我也是一个文学爱好者，在 20 岁左右，就写了上百万字的中短篇小说，在《安徽文艺》上也发表过短篇小说。

我在青年时代一直做着文学梦，并成长为一名军人。转业至镇江市纪委办公室工作后，我总想露一手自己的文学特长，但与赵才才常委共事后，他的诗歌才华和从政风格深深地感染了我。他话不多，跟我们一起探讨文学稿子时总是以秘书的口吻，往往会在不经意间流露出他的观点。当时的《镇江日报》副刊会时不时地发表一两首他创作的诗歌。读到他的诗歌让我兴奋不已，在市纪委有一位同样做着文学梦的领导让我内心感到了温暖。

我见到赵才才谈到他的诗作时，他总是淡淡地一笑："没有什么，写写玩玩的。以后千万不要称我为诗人。"

"以后千万不要称我为诗人。"赵才才的这句话深深地触动了我，再想想我自己，脸上不禁有些泛红。

那个年代的纪委是绝对的清水衙门。当其他部门深冬时节从外地采购来苹果发给职工时，我作为纪委办公室副主任，只能将土豆分发给职工。想想那些在经济部门工作的同事，脑子里时不时会冒出跳槽的想法。

帮赵才才常委搬了一次家后，这种想法居然消失了。那应该是刚进入冬季。一个晴朗的好天，天气不冷，我们办公室四五个有力气的男同事在我的带领下来到赵才才家。我心里想，赵才才这个级别的干部，搬家得准备一辆大一些的汽车。他的爱人也是公务员，按理说他家房子应该很大。但我们都猜错了，到他家一看，也就是五六十平方米的房子，家具不但陈旧，而且很简陋。家中的东西都已经打包好了，家具都是普通三合板的，没有什么重量。原来以为帮领导搬家肯定要费力气，谁知搬家竟这么轻松。那个年代还没有搬家公司，我特意把办公室里力气大些的男同事全喊来了，但显然是有劲使不上了。真正有分量的就是书。

我真的没有想到，他家的床竟然是两条长条板凳搭着杉木铺板。当我一个人扛着那长条板凳时，我的心被深深地触动了。赵才才好歹也是个处级干部，也工作这么多年了，家中怎么连一件像样的家具也没有呢！虽然那个年代大家都过得不宽裕，但买张好一点的床还是能做到的。用两条板凳搭床铺的家庭在城里并不多见，赵才才这个处级干部算一个。想想自己，我打心眼儿里感到惭愧。纪检系统的福利少一些，我就感到没有奔头，就想跳槽去一个好单位，去享受丰厚的物质生活。赵才才让我的心里亮起了一盏灯。我心中突然冒出一个诙谐的念头：赵才才没有“财”。

但赵才才真的很有才。他的处女作《星星月亮哪去了》在《河北文学》杂志上发表后，引起了极大关注。文艺评论家评论说：“有的诗，以优美的语言感人；有的诗，以巧妙新颖的构思取胜；而《河北文学》1963 年 12 月发表的一首社员短歌《星星月亮哪去了》，则是一首二者兼备的好诗。”这首诗篇幅不长，只有八节，十六句，但在整个这一组“社员短歌”里，却像一颗亮晶晶的小星，闪耀着耀眼的光彩。

诗的全文抄录如下：

小扁担，吱吱叫，
星星月亮一担挑。
泼到水田里，
忽地不见了。
星星月亮哪去了？
秧苗不答只是笑。
夏来几度薅秧草，
除尽杂草未寻到。
秋来遍地稻花香，

收割季节来到了。
金光耀，银光耀，
失落的星月找到了。
金黄的稻谷是星星，
月亮就是那月牙刀。

老领导赵才才有才，却没有财，这是我最敬重他的地方。

婆媳零距离

无论是封建社会，还是现代社会，总流行这样一条似乎大家都认可的规律：婆婆媳妇是天敌。我不这样认为。我的爱人与我母亲相处得十分融洽，是左邻右舍、亲朋好友公认的和谐婆媳。

我们的小家庭一直在镇江生活，母亲有时会到镇江住些日子，这时的婆媳关系是零距离。母亲与爱人的相处让我感受到婆媳关系和谐的真谛。只要听说我母亲要来镇江小住，我爱人一周前就开始忙碌。首先把朝南的房间通风、打扫干净，并将要铺盖的被褥重新清洗一遍，晒干。她知道我母亲爱抽烟，会提前在母亲睡觉的房间床头柜上摆上烟灰缸，并放上一包中等香烟。

母亲的烟一直是抽烟进行时。每天一包，这是雷打不动的量。抽烟是母亲的爱好，我爱人是有文化的教师，她懂得己所不欲，勿施于人。母亲在我们家抽烟那是一道风景。我和爱人时不时还会主动递上烟，主动帮她点火。我母亲看到儿子媳妇这么孝顺，往往会长长地吸上一口烟，吐出一团烟雾。我爱人看着这团肆无忌惮的烟雾在屋里缭绕，经常会看着我偷笑。我望着母亲怡然自得的表情，只能用一句俗话安慰自己：孝顺孝顺，顺就是孝。院前的小路两边全是茂密的玉兰树。当时正是五月，玉兰花已经盛开。早上的阳光红彤彤的，照在洁白的玉兰花上，玉兰花显得更加姣美、艳丽，清香传到好远的地方。喜鹊在树上蹦来蹦去，叽叽喳喳叫个不停。母亲凝视着洁白的玉兰花，仿佛回到了农村的小树林边。她站在院子的小道上透气，一只手上夹着一支烟，另一只手背着。爱人让我从窗玻璃往外看，说了一句话，把我逗得笑岔了气。她说："你母亲的官比你还大！"说心里话，看到母亲在我们这里心情愉快，看到爱人这么理解我母亲，我心里真舒服。

20 世纪 90 年代初，母亲喉咙沙哑，经常说不出话。爱人专门从邮局往家里挂了长途，希望母亲来镇江检查。但听弟弟在电话里说，母亲不同意来镇江到部队医院检查，怕麻烦我们。爱人知道这件事后，几乎是给我下了命令。她说得有道理："母亲没有文化，不知道病的厉害，什么事情都能扛，可病不能扛。"我看爱人已经在整理床铺，便抽了个时间去把母亲接到镇江来看病。婆婆媳妇又零距离了。母亲与媳妇的关系得到进一步的升华，也让我的心灵受到极大的震动。

医生经过精心检查，发现母亲喉咙里长了一小块息肉，需要动手术将息肉切除。息肉是良性的，切除后就恢复正常了。这切除息肉的手术虽不是大手术，但有一个关键点，就是要切开气管，从气管处呼吸。待息肉切除的创伤恢复后，再将气管缝上。手术不大，但恢复需要 20 多天时间。这 20 多天的时间里，护理是个既脏又烦琐的活儿。我爱人在这段时间里除了上班，其余时间都陪伴着我母亲。吸痰是护理中的关键环节。母亲躺在病床上，气管切开处安装了一个铜质管套，平常上面盖着一块消毒过的纱布。有痰时，将纱布翻开，然后进行机械吸痰。白天大部分时间都是护士来操作。这是细工活儿，必须十分细心谨慎，这样母亲才不会感到难受。爱人是个有心人，非常注意观察护士的操作要领。爱人值班时，她会代替护士帮母亲吸痰。我去病房看母亲时，也曾尝试着给母亲吸痰，但就是笨手笨脚，操作不得要领。当母亲喉咙发出咕咚咕咚声时，爱人拿起吸痰机非常熟练地操作，母亲明显感到很舒适地朝爱人微笑。机械吸完后，爱人用纸巾轻轻地擦拭铜管的出口处，然后又将消毒纱布换上一块新的，轻轻地盖到母亲喉咙切开处的铜管上。痰，这是人人看到都不舒服的秽物，喉咙浅的人看到痰有时会作呕吐的反应。爱人却能这么细心，这么淡定。我这当儿子的都做不到的事，爱人做到了。母亲这次手术顺利，护理精细，恢复得很快，这真要感激我的爱人。母亲没文化，说不出什么感激的词语。但有一点可以说明，爱人的精细护理在母亲的心里留下了多么深刻的印象——后来，我发现母亲来我家只要哪里不舒服，总是跟我爱人说。有时腰痛腿痛，她总是让我爱人帮她捶捶。她把我爱人当作她的姑娘，而我这当儿子的却似乎成了局外人。说实在的，我是不细心，不是不孝顺。

尽管爱人与我母亲生活中接触的机会不多，但她付出了许多许多，她与我母亲之间的情感始终是零距离。

第二辑　回味乡趣

铜炉爆米花

乡村过年，从数夜开始，村村忙起来，家家也自然忙起来，我们小孩子更是东奔西窜，跟在大人后面凑热闹。我最喜欢围着看的就是爆米花。但是，只有在过年的时候才能吃到爆米花。平时，为了能吃到爆米花，我们小孩嘴馋有嘴馋的办法，就是借用烤火的铜炉炸，既能吃上香脆的爆米花，又有无穷的乐趣。

记得儿时的冬天特别冷，凛冽的北风一吼就是一夜，第二天虽然有太阳，但大河小河全都结了冰。一场大雪过后，地上、树上、房顶上、路上全白了，而且几天也不化。总的感觉就是冷。

人们面对寒冷显得束手无策。外面像现在的冰柜似的，一阵一阵的冷风直往屋里窜。小孩谁也不敢在外面溜达，只能在家里就着铜炉烤火。实在困难的人家买不起铜炉，就用瓦罐代替。

小孩子老坐着烤火，手脚是暖和了，但太过单调枯燥是定不住的，于是就想着法子玩。那时只能“靠山吃山，靠水吃水，靠着炉子爆炒米”。农户人家，哪家墙上不挂着一摞一摞的玉米棒子。把老玉米棒子的玉米粒掰下来，往炉灰里一埋，从厨房里拿双筷子，目不转睛地紧盯着铜炉灰，就等着玉米粒从灰烬中蹦出来。一会儿工夫，玉米粒开始起爆。一蹦出来，就弹起一阵草灰，如果头低得太靠近铜炉，眼睛常会让草灰迷住。我用筷子一个一个地夹起爆米花放到炉盖上。虽然没有几个，但大家都渴望地啧啧嘴，准备快速地歼灭它们。弟妹们都围着炉子，我最大，当哥哥的当然不能先吃，只能平均分，从小妹妹拿起。这时，大家往往都很守规矩，分到一个爆米花，就扔进嘴里，心满意足地咀嚼起来，满嘴的香气是现在的孩子们无法体会的。写到这里，我想起了我尊敬的父亲经常教育我们的一句话：少吃多滋味，多吃无滋味。那时我吃着爆米花就打心里理解了父亲的这句话。嘴里反复咀嚼，竟然回味无穷。现在想想，父亲那时也是无奈呀！物质太贫乏，哪能多吃呢！根本就吃不饱肚子，只能少吃多滋味了！

现在的孩子们要吃爆米花，不需要围着铜炉慢慢地一个一个地等，可以到超市大包大包地往家提，也可以拿着玉米到自家微波炉里炸。玉米还是那个玉米，玉米花还是那个玉米花。吃起来不可能慢节奏的一个一个往嘴里扔，往往是抓一把，往嘴里一塞，满嘴都是爆米花。我看到孩子们吃爆米花，也抓起一把往嘴里扔，事实证明已经吃不出那个特定时代的滋味了。

从铜炉爆米花，到多吃无滋味，使我想到当今社会少数人的一种怪怪的心态。改革开放以来，社会在进步，物质极大丰富，共产党领导的中国特色社会主义在全世界都有了名气。但就有那么一些人，端起碗来吃肉，放下筷子骂娘。其实，除了少数人的思想素质之外，还有一个根本的原因：多吃无滋味。物质极大丰富，来得太容易了，吃起来就不会那么珍惜，也就不可能有那个年代吃东西的滋味。

虽然几次搬家，总要丢弃一些旧的物件，但铜炉子我一直不肯丢弃。我并不是财迷，想留铜炉将来当文物卖个大价钱，而是想用铜炉爆米花来教育我的孙辈。让他们来围着铜炉爆米花，半天炸一个，炸一个丢进嘴里，再等下一个玉米花从灰烬中蹦出来，让人的欲望在这种慢慢地等待中递减，让玉米花在嘴中的滋味慢慢地变得更加奇香。让他们真正理解我父亲的那句至理名言：少吃多滋味。让儿孙们更加珍惜来之不易的幸福，享受永远的快乐人生。

知足常乐！

冰路上的故事

有水就有冰。到了我的家乡，无论你站在什么位置，举目一望，都能见到水。冬天，寒流来临，弯弯曲曲绕来拐去的小河全都结了冰。几次寒流一过，冰层越结越厚。船用不上了，凡有水的地方都冻成了白色的冰路，人可以自由自在地走冰路。冰路，给我留下了一串至今难忘的故事。

我家到小学校是一条转两个弯子的乡村小路。路的一边是村里的住房，另一边是一条七八米宽的小河。小河的水清悠悠地流淌，河岸两边长着大大小小各种各样叫不出名字的树木，有的树长得特别高大，在河面上映出高大的倒影。树木丛中长满纷繁的花草，佩兰、茅根、巴根草、蒲公英……河水清澈见底，有时我们会冒险踩着河边的老树根，用手去捞河底的螺蛳。霜降过后，那西北风越吹越紧，河面开始结冰了。这冰层会随着数九寒冬的到来，越结越厚。

好奇心驱使着我们试冰。往往是胆大的同学会走到河边靠水的树杆旁，一只手拉着树枝丫子，一只脚踩在河边的杂草上，一只脚悬空猛地往冰上一踹。这时无外是两种结局：一是冰层“咔嚓”一声，裂开一道缝，接着是“咔嚓咔嚓”的响声，裂缝传向四面八方。一块不规则的薄冰块会独立开来，沉入水中，又慢慢地浮上来。试冰的同学那只脚会迅速收回来，而不会打湿鞋子。我们在岸边看的人往往会惊出一身冷汗。二是一脚踹下去，只听到“咚”的一声，像一脚踹在水泥地上似的，震得脚发麻，冰面上留下一个小白点。

记得有一年的深冬，一阵西北风后，下起了一场大雪。那雪下得真大，村上好几户人家的房子全被雪压塌了。路全埋在雪中。河面结冰后也埋在了厚厚的积雪中。雪后第一天，是个晴天，太阳出来了，第二天，仍是晴天，房檐下都挂上了尺把长的冰凌。河面的雪慢慢地化了，跟着又是一阵猛烈干燥的西北风吹过。我们高高兴兴地沿着小河边的路往学校走，看着那明显厚厚的冰，忍不住停下来。我们操起路边的几块大砖头，使劲往冰层上扔过去。砖头“咚”的一声将冰层砸出一个小白点，顺着冰面像康乐球似的滑向对岸。连扔几块砖头后，冰面上留下了好多白色的小点。我们猛虎下山似的从小路冲到河面。胆大试冰的同学双脚使劲地在上面蹦跳。冰面发出一声一声咚咚声，冰层水泥地似的毫无反应。我们看着他走到河对岸，猛地反应过来，一个个跑上冰层，纷纷走到河对岸，心中升起了一种战胜冰层的兴奋和自豪。我们不上岸，沿着通往学校的路，在冰层上一步一步往前走。有时脚下不注意，会跌个仰八叉，惹得大家笑得合不拢嘴。那童年时代走冰路的乐趣，是现在任何活动都不能代替的。

那几天，天气一直寒冷，冰层一点也没有融化的迹象。我们每天上学不走陆路走冰路。反正这两条路是平行的。陆路天天可以走，冰路可要看老天爷冷到什么程度。走冰路是一种乐趣。冰路特别的平坦，就像走在一块大玻璃上，除了有点滑，绝对不会磕磕碰碰。滑正是我们求之不得的。我们往往会情不自禁地在冰上滑动往前，一种飘飘然的感觉。

那时候没有溜冰鞋，只能靠人体的自然倾斜，不停地平衡，在求平衡中找到贫穷时代的无穷乐趣。

当然不是个个同学都是胆子那么大。我们班有几个同学，只敢用一只脚在冰层上踩一踩试试，然后就爬上岸，看着我们自由自在地在冰上滑行。我们几个小调皮，那时把岸上的“体育运动”都在冰路上比试，比如抽“光头”（陀螺）。在冰上，那“光头”旋转起来特别灵巧，旋转的速度也特别快，我们在冰路上跳绳、踢毽子。有的还敢在冰路上比赛跑步。直到后来，有个同学在冰路上疯玩，摔了下来，后来送到乡医院检查，脚趾头骨折了，住进了医院，后来一直走路不方便，才引起了学校的高度重视。乡教育科还发了一条通知，禁止小学生在冰路上行走。但对我们这些调皮的小同学来说，只能是禁而不止。其实道理很简单，堵是堵不住的，都怪那个年代太贫穷，哪来的丰富娱乐活动，只能就地取材就地乐。

现在回忆起来，人的一生真正的乐趣其实不在于你拥有多少的财富，而在于你勇往直前不畏艰辛地追求，你的乐趣就在追求的过程之中。这是走冰路的乐趣给我一生的启示。

咸味猪头香

北风劲吹的寒冬腊月，苏北水乡的人们就开始张罗着备年货了。俗话说：腊七腊八，腌肉腌鸭。俗话是这么说的，但在我小时候，村上众多人家能达到这个水平的好像不多。哪里像现在富裕起来的乡村，春节前个把月，你到村里走一趟，屋檐下、厨房里、晒衣杆上甚至门前的树枝丫上都挂满了腊猪肉腊鸭腊兔，各种各样的咸鱼也不算少，空气中弥漫着浓烈的咸香味儿，带来温暖而丰盈的年的气息。过去很穷，我记得“文革”前后，我们家在村里还算是日子过得去的中等家庭，但我儿时的记忆中，好像父母亲从来没有腌制过腊肉腊鸭，至多腌只咸猪头过年。而真正的农户人家，连猪头也腌不起。因此，咸猪头的味道倒是在我的脑海里留下了深深的印记。

腌猪头是母亲的绝活。母亲腌制猪头有一套程序：先将剖开的猪头里里外外抹上一层细盐，放在缸里摆上十几天。放盐很有讲究：盐放多了会咸；放少了猪头容易变味发臭。母亲腌制的咸猪头咸淡相宜，吃起来绝对的美味。腌制好的猪头基本入味后，要先放进滚开的水里洗干净，挂在屋檐下的墙钩子上吹干，再放进盆子里，洒上橘子皮、柚子皮、花椒、八角。待年后，父亲就会趁有太阳的日子，把猪头挂到门前的苦楝树的树杈上晒太阳。每当太阳一照，那股扑鼻的香味儿能传出一里地，引来无数经过的村民驻足，也香得经过的人们直流口水。大队的干部经常拿我父母开玩笑，说春节前后，买豆腐闭着眼睛也能找到你家，闻着咸猪头的香气一找一个准儿。

到了阳春三月，青黄不接。困难的农户家往往肚子都很难填饱，而我父亲会在门口生起蜂窝煤球的炉子。上第二节课的时候，我突然闻到一阵阵带着咸味的香味，而且这香味越来越浓、越来越香。我注意观察左右的同学们，有的好像在往喉咙里咽口水。这香味儿怎么这么浓呀，一定是从我家飘过来的！

第三节课的下课铃声终于响了。我不等老师说下课就冲出教室，一溜烟跑到家门口。家门口的台阶上，铝钢精锅的锅盖被沸腾的猪头汤冒出的蒸汽顶动，发出“扑扑扑”的响声。我走到碳炉旁，拎起钢精锅盖，哪知太烫了，手一抖锅盖被甩到石板上发出响声。母亲闻声从里屋冲出来，直骂我，拎起锅盖重新盖好，埋怨说：“猪头还没有炖烂呢！你就是心急，又把蒸汽给弄跑了。”原来炖咸猪头也有讲究，锅盖应该始终盖着，不能老是打开看。据说老是打开看会让香气跑掉，那样炖出来的咸猪头就没有那种地道的香味了。

说到咸猪头的香味，还有一个小故事值得说说。我们家所在的村子比较大，从东头到西头要过五条巷子，从南头到北头也有二里地长。阳春三四月，我们水网地区的生活勉勉强强地能过，但安徽天长那一带山区村民则怀揣村里的证明出来讨饭，讨饭证明上，盖着村里的大红印章。他们往往成群结队地来到我们水乡的村子里，到了村口，又往往兵分几路，一家一户地往前讨饭。我儿时经常碰到这些要饭的，他们身上穿得很破，男人有时腰里还扎着一根草绳，大概是保暖。我们村里的村民都很善良，给钱的很少，往往给一些大米、麦子、黄豆什么的。这些干货好存放，也很受要饭的欢迎。但大部分村民只能给些热饭热菜，就地解决温饱。碰到我家炖猪头咸味时，这些要饭的可就有口福了。我亲眼看到我的母亲盛上一碗大米饭，浇些咸猪头汤，香得那些要饭的吃饭像填炮弹似的，几乎是不好好咀嚼就咽下去了，边咽边连连点头，谢个不停。我的父亲更大方，有时会把咸猪头肉拆下来，骨头上连着一些碎肉给他们吃。哪知有一天下午，来了一个要饭的，我母亲盛了一碗饭，浇上咸猪头肉汤，这个要饭的刚吃了一口，又来了两个人。饭没有吃完，这一群一起出来要饭的六个人就从不同方向来到我家门口。原来他们一行总计六个人，到了村口分开向不同方向讨要，结果循着咸猪头的香味全都来到我家门口。我看得出来，母亲的眼眶里充满了怜悯的泪水。锅里的饭没有了，母亲舀了足足有二斤黄豆，拿给他们分，还向他们说明饭没有了。其中一个中年男子感激地说："黄豆就不要了，你们过日子也不容易，你舀一碗咸猪头肉汤给我带回去，晚上就当小菜吧！我们之所以不约而同地来到你家，就是在村庄的东西南北都闻到了香气找来的。"

母亲慷慨地盛了罐带着香味的咸猪头汤送给他们。

田埂菜花蛇

学校组织拾麦穗劳动时，天气已经很暖和了。拾麦穗并没有什么新鲜，但到了地里可以看到麦浪滚滚闪金光的美景，可以看到蔚蓝的天空中飞翔的各种鸟雀，可以看到青蛙不停地跳高表演，更令人惊心动魄的是，可以看到满田埂乱爬的各种颜色的菜花蛇。那场景既令人惊奇，又令人害怕。

船在清澈透亮的小河上缓缓地前行。班主任老师讲完要求就领着大家唱歌："麦浪滚滚闪金光，棉田一片白茫茫，丰收的喜悦到处传……"歌声伴着船行的哗哗水声传向远方。两三支歌唱完，船就靠岸了。我们翻过田埂，来到一大片刚割完麦子的地块里。割完的麦子已经捆扎成一捆一捆的放在田垄上了。割过麦子的田垄里散落着金黄色的麦穗。我们两个人负责一垄，弯着腰一根一根地拾麦穗。夏天的风是从河面上吹来的，加上早晨太阳刚刚从东方升起来，风吹在身上特别凉爽。到了田野里，大家感觉课堂是那么的狭小，而田野却是那么的广阔。心情变得难以形容的舒畅。不到半小时，我就拾了一大把麦穗。这时，在离我七八米远的地方，我看到一条深绿色的菜花蛇正在缓缓地移动。我情不自禁地叫了一声："有蛇。"吓得大家的目光刷地朝我这边来了个"向左向右"看齐。我停住脚步，耳边传来班主任老师的提醒："绕开，不要乱动它。"

大约过了一个多小时，我们人多力量大，一个班的小同学，还真不简单，拾的麦穗堆了一个小堆子。带我们来的生产队长连声夸奖大家肯吃苦，并叫大家到田埂上歇会儿。

大家听说让休息，都连蹦带跳地涌到了大田埂上，就像现在的同学们到了湿地公园，有的大喊大叫地在田埂上奔跑，似乎在拥抱大自然；有的站在田埂低矮靠水的地方拨弄着水草戏小鱼；有的放开喉咙高声唱起了当年的流行红歌；更多的小同学两人一组玩起了打麦子游戏。

歌声随着阵阵夏风飘到很远的地方。太阳升得高高的，气温也升高了。这时，玩打麦子游戏的小同学突然惊叫起来，打麦歌戛然而止。原来小同学的屁股旁边爬来一条带黑斑的菜花蛇。再往远处看，田埂的朝阳处还有几条深绿色的菜花蛇正在缓缓地爬动，懒洋洋地晒太阳。在田埂低洼处戏水的同学看到清亮的河水里也游动着一条条的菜花蛇。一会儿工夫，大家就在田埂上发现了近 20 条菜花蛇。原来太阳升高天气暖起来，栖息在泥洞里的菜花蛇就会出来晒太阳，并在悠闲的晒太阳的过程中捕食。菜花蛇也就是水蛇，在我们水乡随处可见。它属于喜温暖、无毒的两栖动物。

随着气温的不断升高，田埂上的菜花蛇越来越多，大家的兴趣全转到菜花蛇的身上了。班主任老师因势利导，请生产队长给大家讲起菜花蛇的知识和故事，大家边看边听，拾麦穗变成了自然生物课。

别看生产队长那饱经风霜的脸庞，活脱脱一个农民老大爷，讲起故事来可是头头是道。菜花蛇，他见得多了，真正是实践出真知啊。不记得谁说过这样一句话："有文凭的人并不一定有文化，有文化的人不一定有文凭。"生产队长肯定属于后者，因为关于菜花蛇的知识我还真是从他那里学来的，有些常识至今还记得挺清晰。他说，别看菜花蛇长得躯体粗壮，弯来弯去挺瘆人的，但它是益虫，一条菜花蛇一年能吃掉不少田鼠，是庄稼的保护者。菜花蛇不是毒蛇，你如果用手拎住它的尾巴，它会很温顺地弯曲着。生产队长说着，跨前几步，拎起一条两三尺长的菜花蛇的尾巴，在手里晃来晃去。开始有少数胆小的同学往后躲，一会儿胆子又大起来，情不自禁地往生产队长身边围过来。胆大的同学还伸出手指碰碰菜花蛇扭曲的身躯。生产队长拎着那条菜花蛇，又介绍起菜花蛇的另一特性。他说菜花蛇在我们这里叫水蛇，是半水栖动物，一般常见于水中或水域附近。田埂靠水，所以田埂上的菜花蛇就比较多。说着，他将拎在手上的菜花蛇往水中扔了过去。"扑通"一声，菜花蛇沉入水中，不一会儿从另一处水面上冒出来，向岸边游来。他还指着两条缠绕在一起的菜花蛇说起了水蛇生儿育女的事。菜花蛇是卵胎生，每条菜花蛇一次能生出 30 条至 70 条小蛇。大家听得津津有味。班主任老师也真会掌握火候，带头鼓起掌。掌声过后，大家又回到大田里拾麦穗。

三四十年过去了。现在回到家乡，我想再去大田看看菜花蛇，但儿时的好朋友非常果断地告诉我："水不清了，天也不蓝了，土壤硬得很，想看菜花蛇恐怕难了。"我下意识地点点头，还没等我说话，他又意味深长地说："菜花蛇喜欢洁净的水，那时的水多清呀！现在除了我们人喝的水是清水，其他水就难说了。你是大干部，要多向上面说说，我们现在什么都不缺，就缺蓝天和碧水。"老同学握紧我的手，充满企盼的目光紧紧地盯着我的脸。

我深情地握着老同学的手，肯定地说："蓝天会有的！碧水也会有的！田埂上一定会游满菜花蛇！"

"到时再带你去看田埂菜花蛇。"老同学满意地笑了。

儿时踩河蚌

早晨，当暖洋洋的春风吹在身上时，你去逛菜市场，就会发现时令河蚌已经上市。我不知道现在卖的河蚌是河塘里天然生长的还是人工养殖的，也不知道这河蚌是怎么取上来的，但可以肯定，它们绝不是我们小时候站在河边的水里，在河底的淤泥里用脚一寸一寸地探踩出来的。当脚趾或脚掌在淤泥中碰到尖硬的块块，那一定是河蚌。这时我们会用脚轻轻拨动，待河蚌在淤泥中松动后，整个身体弯向前面或身子潜入水中，将手伸向河底，轻松地把河蚌捞上来。身边往往有一只大桶浮在水面上，木桶上有一根绳子系在腰间，踩到一只河蚌就捞上来，甩进木桶里。我们那时的河蚌现踩现吃，绝对环保，绝对鲜美。

我家离河边不远。记得河边洗菜的码头是几个大石磨垒成的。从码头往西有一条河，呈葫芦状。葫芦的三边都住人家，河边长满了垂杨柳和各种杂树。村民们称这条半封闭的河叫葫芦湾。河水直通码头，码头前面是通向四面八方的大河。葫芦湾的水是活水，始终是清悠悠的。无风的时候，葫芦湾就像一面镜子，三边的垂柳、青砖的瓦房，特别是袅袅升起的炊烟，全都倒映在明亮的河面上，就像一幅水彩画。

记得那年仲夏，天气很热，我们几个小伙子吃过午饭后，决定到河里踩河蚌。既可以洗河浴解暑，又可以踩些河蚌晚上打牙祭。我们每人拿了一个小桶来到码头上。下到河里后，我们兵分几路，沿石磨码头的河边一路往前踩。越往前踩，河面越宽，水也越深。我这人天生胆子小，提议朝葫芦湾窄些的河面踩。但没有人响应，我只好一人循着葫芦湾水边往前踩。身后传来一位调皮同学的提醒："葫芦湾水面小，河蚌少，还是跟我们往大河边去踩吧！"

"少就少吧！"我也掉头大声应了一声。

"胆小鬼！葫芦湾的河蚌最多烧个河蚌汤！"身后传来一串笑声。

我这人做什么事总是比较小心，这可能跟父亲那沉稳善良的性格有关。我们小时候就听到父亲絮叨：小心驶得万年船。我顺着葫芦湾边，一手拉着小木桶，一边用一只脚在水中一步一步地在淤泥中踩。我边踩边想，踩多踩少不是主要的，关键是在水中可以消暑。葫芦湾的水清凉凉的，微微的河风沿着河面轻柔地吹过来，身上有一股难以形容的舒适感。湾边每隔十几米就是岸边人家洗菜淘米的码头，踩一会还可以在码头边歇歇脚。当然，我也希望多踩到河蚌，也希望有意外的收获。

心想事成，这句成语绝不是凭空想出来的。我正在想河蚌，脚尖就碰到了一个硬块块。我心头一阵狂喜，赶紧用脚在水中的硬块块上一拨，脚趾头明显感到有硬锐物划碰的感觉。我赶紧弯腰，半个身子潜入河中，伸出右手顺着左脚方向往淤泥中一拨，顺手抓住烧饼大小的河蚌，哗的一声，河蚌出水了。蚌壳上还有不少的烂泥。我兴奋地把河蚌在水中"哗哗哗"晃动，洗去烂泥，发青的蚌壳在午后阳光的照射下泛着水淋淋的光。我望着手中的第一个战利品，忍不住笑出了声。把河蚌扔进木桶后，我继续往前踩。

哪知这种兴奋感一直伴随着我。我几乎每前进两三步，就要潜下去。

每潜下去一次就会捞起一只不大不小的河蚌。在一个码头附近，我还捞到了一个特大的河蚌，一只手抓不住，得两只手一齐下水把它捧出水面。不到一小时工夫，我的水桶就要超载了。我赶紧拉着小木桶爬上码头。我端起木桶就往家跑，边跑边得意地想："今天恐怕不只是喝河蚌汤，吃红烧河蚌也绰绰有余了。"那只特大河蚌，母亲劈开前专门用秤称了一下，足有四斤重。

我把第一桶送回家后，又来到河边继续往前踩。当太阳往西斜时，我那帮小伙伴也端着木桶往家去。路过葫芦湾时，不忘来看看我的战利品，实际上是来看我的笑话。当他们看到我木桶里的河蚌时有些纳闷，于是有了下面的对话。

"你也踩了一桶河蚌？"

"不是一桶！"

"那几桶？"

"这是第三桶！"

"你就吹吧！"

"不信你到我家去看。我已经送回家两桶了。"

"太阳从西边出来了。看来你今晚得吃红烧河蚌了。"

"别小看人。别凭直觉干事。我开始也想这葫芦湾不会有太多的河蚌，但真的出乎我的意料。"我谦虚的话语中明显夹着不服气。

出乎意料的事是常有的，只不过你没有弄明白出乎意料的原因。

奶奶的“小超市”

我的奶奶是个地地道道的农民，她性格开朗，家里虽然穷，但穷得开心、舒坦。至于爷爷长什么样，我一点记忆也没有。听说在我两岁多时爷爷就去世了。奶奶很能干，五个子女都已成家立业，也都离开了农村。这在当时跟奶奶的开明有很大关系，跟她的与时俱进也有很大关联。她一边要种地，等子女一个个成家立业了，一边还开了个“小超市”。说是“小超市”，其实就是一张矮矮的小圆桌，闲时往门口一摆，上面放些针头线脑、水菱、花生之类的小物品。

打我记事起，“小超市”就留在我的印象中，说来也是有客观原因的。我是奶奶的长孙，奶奶特别喜欢我。我父母是做豆腐的，常年起更熬夜，没时间照顾我。因此，我跟着奶奶生活，奶奶一有空闲，就摆出她的小矮圆桌，我就围着“小超市”转悠。

奶奶的“小超市”，现在回想起来挺有意思的。起名“小超市”，是我写这篇文章时给定的名字。其实，整个超市的柜台也就是奶奶用来吃饭的一张小矮圆桌，桌上摆着一些牙粉、火柴、香烟，再则就是零食，而且占据了圆桌的三分之二多一些。我记得清清楚楚，奶奶卖的食品没有任何包装。10 角花生，她用篾条做圆箍一圈；5 角风菱（里下河地区的一种生长在水里的植物，其果可食用），也箍一圈。只要是食品，统统用篾圈箍起来。谁买，付钱后，把篾圈一拿，用手一挪，一只手掌统统可以运走。那时候食品稀少，能花几分钱几角钱买花生解馋的人不多。倒是我的父亲，他是做豆腐小生意的，跟纯种田的不一样，袋子里有些零花钱。有时他走到“小超市”旁，先给奶奶几分钱，我就可以品尝“小超市”花生糖果等美味了。当然，奶奶虽然做的是小本生意，有时也会顺手拿块糖或拿几角风菱给我。奶奶“小超市”的糖果是放在一个圆圆的大肚子玻璃瓶里面的，要拿糖时，她就把瓶盖子转上好几转。每当这时，我就会盯着瓶肚子里滚动的花花绿绿的糖果，一副迫不及待的表情，惹得奶奶脸上也浮起满足的笑容。

到了我六七岁上小学一年级的时候，奶奶不但更加喜欢我，而且有时家里有事忙不过来，她还会等我放学后把“小超市”交给我，让我替她看管。每当这时，一种责任感就油然而生。我总是特别认真，眼睛看得很紧，“小超市”基本没出过差错。

但也有例外。那是一个星期六的早晨，奶奶早早地要去泰州城里进货。那时候交通不便，没有带轮子的交通工具，只有帮船。到泰州要早上去，晚上再坐帮船返回。一般除夏天外，天不黑透是到不了家的。奶奶很放心地把“小超市”交给我，她把数目数清楚后，一再提醒我，人不能随便离开，防止猫儿偷吃。我是一个做事十分认真负责的人，接受了任务，也是第一次接受这么长时间看管“小超市”的任务。中午，我想收摊子吃午饭，我弟弟走过来，眼神在“小超市”的食品圈里骨碌碌地转。我有点担心我弟弟，就想把他推出去。可他偏不走。他那时还没有上学，年纪虽小，但脾气不小，我不便硬赶他出去，只好加强防备。谁知他趁我不便，抓起一圈里的花生，一溜烟跑没影了。我急得直瞪眼。

晚上，奶奶回来后，我只好如实报告损失。哪知，弟弟听到奶奶回来的声音，一点儿也没有惧怕，直接向奶奶告我的状：“奶奶，他防我像防小偷似的，我气不过，抓了一把花生，我数了两遍，只有 8 角，应该还有 2 角。刚才我听哥哥说少了一篾圈，一篾圈应该是 10 角，还有 2 角肯定是被哥哥偷吃了。”

真是恶人先告状。他这一告状，还真说得我不好意思了，连忙向奶奶说明情况。我解释说：“剩下的 2 角花生没有地方放，我只好把它们放肚子里了。”

奶奶忍不住笑了，笑声中夹带着自豪：“看我这两个孙子！真有意思。”她不知道说“聪明”这两个字，从她的神情语气中透出的自信可以断定：她一定在心中认为她的这两个可爱的孙子将来一定有出息。

我们长大了，奶奶老了。奶奶的“小超市”关闭了。

露天追电影

水网地区乡村的交通不畅。“文革”时期，物质生活极其匮乏，文化生活也枯燥得很，除了电影之外，没有什么摆得上台面的活动。里下河地区十几个公社，几百个村庄，只有县里的一个流动电影放映队，一个大的村庄一年也放不到三场电影。好在那时大家没有什么事干，哪个村放电影，就追过去看。

追电影，大家是不辞劳苦，不嫌路远。只要知道邻村放电影，尽管是乌漆黑黑的夜晚，大家还是三五成群、浩浩荡荡地朝晚上放电影的村庄赶。乡间的道路无所谓路，到处坑坑洼洼，到处坎坎沟沟。田间小路往往是不规则的，有时小道弯弯扭扭地沿着小河边往前延伸，有时小道跨过河上的简易小木桥，拐个大弯，插进水汪汪的秧田里。田边趴着几只青蛙，待人走过时“扑通扑通”跳进秧田里，溅起一片水点子，全洒到走路的人身上。太阳落下西边的地平线，天暗下来，一不小心，就会满脚踩进秧田的沟里，弄得满脚都是烂泥巴。但为了不耽误看电影，人们还是毫无怨言地跨大步子往前赶。如果这时有谁喊一声“快跑呀！都听见放电影的喇叭声了”，不用谁催，大家的步子全都快起来。

听到放电影的喇叭声，大家不担心看不到正片。因为放映正片之前，一般会放一两部新闻纪录片，时间大约十几分钟，内容就相当于现在的中央一台的新闻联播。有时不放新闻纪录片，就会放幻灯片。在放映正片前加映的幻灯片一般是农业科普知识，比如稻、麦、棉栽培技术，家禽水产养殖知识。有的聪明敬业的放映员会主动把村里的好人好事制成幻灯片，打竹板说唱，乐得在场的人个个兴高采烈、手舞足蹈，露天放映场的气氛十分热烈。

一部片子在几个村轮流放映，大家就轮流追过去看。电影来到自家村，更是热闹非凡。那时候，只要下午听说晚上村里要放电影，大家就会跑到打谷场边的河岸往远处看，就盼着放映船早点靠岸，盼着那高高的雪白的银幕早早地挂起来。大家看电影的狂热程度，可从打谷场上的迅速变化窥见一斑。太阳八丈高，挂银幕的竿子还未栽下去，村里的打谷场上就摆满了五花八门的凳子。这些凳子高矮不一、大小不等，但还是看得出尚有规律、排列有序的。当然，还有的用石头、砖头，甚至买菜的竹篮子占个位子。有的老头、小孩没有事情做，晚饭也不吃，就坐在自带的小凳子上，眼巴巴地看着西边还在放着光芒的太阳，干等着天快点暗下来看电影。

里溪离我们村十几里，听说那里油田放电影《闪闪的红星》，我们便结伴而去。那是初秋，下午的太阳照在身上热烘烘的。我们五个人沿着小河边的田埂，闻着田野稻花的香味，沉浸在《闪闪的红星》情节中。想到电影中胡汉三那凶残的形象，想到潘冬子妈妈那英雄气概，脚步迈得更快了。汗水从额头上往下淌，衬衣已被汗水浸湿。太阳挂在天边的矮树梢上，没走多远，再往西边的天空一看：太阳已经下山了，满天的晚霞映红了天空。一大片、一大片金黄色的稻田在晚霞的映衬下，像金灿灿的美丽的巨幅油画。

一半路走下来，天渐渐地黑了，肚子咕咕直叫。那时候，饥饿是常态，大家仍然劲头十足地大步往前赶。路过一片红薯地时，不知是谁提议：看看红薯多大了。这一看不要紧，红薯大小知道了，一个一个比鸡蛋大不了多少。但我们还是顶不住咕咕叫饿的肚子。我们把红薯的泥巴在衣服上使劲地搓搓，然后就开始饱餐起来，一边咀嚼着甜甜的红薯，一边甩开步子往前走。我们自觉不自觉地集体当了一回小偷。天完全黑下来时，不远处钻井架那高高的铁架顶上闪闪的红灯就出现在我们眼前。直觉告诉我们，油田快到了，我们的步子迈得更快了。

说是油田，其实也就是一个野外石油钻探队。但就是这么一个钻探队，在当时偏僻的水乡也算是一个大单位了。油田露天放电影就是气派——前面摆放的全是整齐的长条凳，上面早已坐满了人。油田露天场子很大，正面挤满了油田工人和邻村的村民。我们赶到的时候，电影已经开始放映了。八一电影制片厂那熟悉的闪耀着光芒的五角星还在不停地闪光。

《闪闪的红星》刚开演。我们在正面找不到地方站，就转到银幕的背面，找了块高一点儿的地方，席地而坐。五个人的目光全盯着闪耀着五角星光芒的银幕。我们这次运气真好，《闪闪的红星》刚放完，我们正准备起身，银幕上又出现了闪着光芒的五角星，几秒钟后，《打击侵略者》出现在银幕上，这让我们兴奋不已。

邻村一放电影，我们几个小伙伴就约好追过去，但也有扑空的时候。

记得有一年初夏的一个下午，天有点阴沉，但听说邻村要放电影，我们几个小同学还是挡不住诱惑，吃过晚饭就追过去了。好在就四里多地。走到半路时下起了小雨，可小雨也挡不住我们看电影的欲望，我们仍然大步往邻村走。赶到村头，当我们充满希望地往那边看时，眼前是黑洞洞的一片，黑暗中偶尔会传来一两声猫头鹰那凄厉的叫声。我们熟悉邻村的打谷场，一直走到谷堆旁，也没有看到银幕和灯光，更没有看到拥挤的人群。我们正纳闷时，走过来一个中年农民，我们走上前一打听，原来日期搞错了，是第二天。我们一行几人蔫头耷脑地踏着弯弯曲曲的泥泞田埂往回走。快到庄口时，尽管小雨还在滴答滴答地下着，大家还是约定：第二天晚上还要追过去看！

写到这里，我真为童年时的疯狂想不通。哪来的那股拼命追的劲儿，电影就那么吸引人吗？我们现在坐在床上，往床背一靠，手拿遥控器，想看什么故事片就看什么故事片，有时还提不起精神。如果不经历那精神娱乐极度贫乏的年代，是绝对不会相信追着看露天电影是真的。现今，说实在的，不要说跑十几里，就是在家门口放露天电影，我也经不起热、挨不起冻。从这里我悟出一个道理：人往好处过容易，人往难处过不易。

珍惜眼前的一切是最大的幸福！

河上漂流行

初夏的一个早上，刚吃过早饭，就下起了大雨，而且伴随着电闪雷鸣。村上的小巷子一会儿工夫就被雨水泡上了。村边一条一条小河的水也涨了起来，把河沿的树根都淹在浑浊的河水里了。个把小时的工夫，风说停就停，雨说不下就不下了。天空泛起了亮光，学校因大雨放假。儿时的学习是绝对宽松的，不像现在，读书似玩命。在水乡，一般下大雨后，在湍急的排水处，鱼儿喜欢逆水而上，这时候最容易捉到鱼。我提议去田里捉鱼，三四个要好的同学立即响应，纷纷把书包送回家，然后奔向河边。河边树根上都拴着船。

我想捉鱼得有网，书包一放，把奶奶房里正在编织的渔网连梭子也未拔就偷了出来，径直往河边跑。我到现在都记得，当时有曹义宏、王如顺，还有一个记不清了。河边码头就有一条船，但满舱都是水，全是早上大雨下的。我灵机一动，赶紧回家又拿了个戽水的瓢，大家轮流往河里排水。船舱不大，一会儿工夫船就浮了起来。没有划船的篙和桨，我们就用手划。船开始离岸，沿着弯弯曲曲的小河往田野里缓缓地漂去。

我们村属于水网地区，既有垛田，也有水田，四通八达的小河在水田和垛田之间慢吞吞地流淌，看不出一点点水流的样子。河面七八米宽，但无限的长，通往任何你想去的地方。早上一场暴雨，稻田里放水，垛田上的积水往河面排，四处哗哗水声响不停。我们充满着期望，一边划着船，一边选择湍急的流水处。

在长长的田埂中段，不知谁开了一段尺把宽的口子，落差有一米多。哗哗的水流声把我们吸引过去。我们把船靠到田埂边，把拴船的铁锚钩在田埂边的一棵桑树根上。大家都跳上田埂，往水流方向跑过去。水往河面排得很急，不时还有一两条几两重的鱼逆水而上，有时会蹦出水面，窜得很高。我们一阵兴奋，把我带来的渔网在流水处张好。一会儿，我们就迫不及待地收起网，里面有长长的东西在挣扎。我细细一看，原来是一条菜花蛇，吓得我们赶紧松开网，让菜花蛇游进水中。这一惊吓，大家捕鱼的劲头顿时消失。突然，我们同学中最调皮的曹义宏提议，去垛田逮青蛙。把青蛙皮剥掉后烧着吃，味道美极了。我一听就知道，他有经验。因为他爸爸是兽医站的站长，兽医站兼管统一杀猪。他见过剥猪皮，剥青蛙皮应该也是一个理儿。我当即赞成。大家跳上船，用手慢慢地划水。船沿着平静的河面缓缓地向垛田移动。这时，太阳已经在头顶上发威，热烘烘的太阳烤得全身不舒服，全身都在淌汗。好在河面不时会吹来一阵阵带凉气的河风，浑身的燥热能得以缓解。

我们把船靠上垛田。垛田一块一块的，像散落在湖中的翡翠。玉米郁郁葱葱，刚刚吐出彩色的穗，像老人的胡子在微风中飘逸；黄豆已长得很茂盛，一片一片的，青绿色厚地毯似的。最壮观的是高粱地，那挺拔的高粱秆一棵挨着一棵，一排连着一排，河风一吹，高粱叶子发出沙沙沙的响声。还有那绿茵茵的一片，走近一看，全是西瓜地、香瓜地，藤蔓互相牵扯着，把田野铺绿了。青蛙在其间不停地发出呱呱的叫声，不停地在藤蔓之间跳跃，有的被我们的脚步声惊吓，纷纷跃入河中。平静的河面荡起了涟漪，一圈一圈地往外扩。我们一行在垛田的庄稼地里捉青蛙，一晃一个小时过去，也没有捉到一只青蛙。刚下过暴雨的地里倒是有不少癞蛤蟆，行动笨拙蹒跚，在我们脚边爬来爬去。我在香瓜地里一不小心还踩到一只癞蛤蟆。这让我灵机一动，连忙问曹义宏同学："蛤蟆能不能吃？"

曹义宏很有把握也是无可奈何地说："青蛙没有工具捉不到，跳得太高太快了。蛤蟆好捉。青蛙和蛤蟆都是一类，皮一剥，一样烧着吃。"我一听，汗毛一竖，望着脚边的那只丑陋的蛤蟆。蛤蟆跟青蛙的漂亮正好成反比。蛤蟆硕大的嘴，暴突的大眼，满身的蟾钮，确实难看。但它那喜气洋洋的神气，平添了几分情趣。漂亮的青蛙捕不到，只能捕蛤蟆了。我叹了口气，别无选择。

只要能烧着吃，我们的食欲又勾起来了，全力以赴地投入到捉蛤蟆的"战斗"中。我们做了分工，两个人在船上，两个人在垛田的岸边。船沿着垛田的岸边慢慢往前划。蛤蟆平时栖息在小河池塘的岸边草丛内，或庄稼地里的植物密密的根部泥洞中，白天藏匿不活动。蛤蟆喜欢在早晨和黄昏或者暴雨过后，在田埂上或庄稼地里捕食。蜗牛、蛞蝓、蚂蚁、蝗虫和蟋蟀等都是它的美食。我们学过课文，老师也讲过。你碰到它，它会装死不动，很好捉，不像青蛙那么调皮，跑得没有踪影。岸上的人不费劲儿地一只一只地把癞蛤蟆扔到船舱里。船舱里的癞蛤蟆一下多起来，蹦来蹦去。由于后肢较短，癞蛤蟆只能做短距离的跳动，一般不超过 20 厘米，所以跳不出船舱。一会儿工夫，船舱里就堆满了战利品。

船在河面上漂，癞蛤蟆在船舱里跳，我们全沉浸在晚上蛤蟆肉那鲜美的遐想中，口角流出涎水。我们边剥皮边划船，待船漂流到村边时，太阳已经下山。

曹义宏家在河边。当月亮升起在东边的小树林上空，河面映着淡淡的月光时，我们围着曹义宏家的圆桌，美美地狼吞虎咽着青蛙肉替代品——蛤蟆肉。

现在我们去漂流，又要跑长途，又要掏钞票，还要拥挤遭罪吃干粮，却很难享受到小小的木船在如画的水乡垛田间漂流，快乐地捕捉蛤蟆，吃着那鲜美的嫩肉带来的幸福滋味。

空中菜园

我对书本上的“种瓜得瓜，种豆得豆”这句话充满了好奇。从一颗种子到结出新的种子的过程让我充满了遐想。我们家三间小瓦房，两间草厢房，北边有一道竹篾的篱笆墙。院子不太大，院子的南边是猪圈，猪圈旁边是一棵高大的香橼树。每到秋天，香橼树枝繁叶茂，大柑橘似的香橼果挂满了高高的树枝头。刚懂事时，我看到那诱人的大香橼果，总是吵着要爸妈摘下来吃。爸妈说不能吃，我却不相信。直到有一天母亲发火摘下一个，我咬了一口，又酸又涩，才断了饱尝的念头。院子里没有菜地，我想因地制宜向空中发展，便向爸妈建议：香橼树可牵爬丝瓜藤，篱笆上可种扁豆，瓦屋顶可爬瓦瓜藤蔓，只要有了这些空中载体，不愁不满院瓜果香。父母很开明，也很支持，还向邻居家要来各种瓜果种子。

春天到了，春风吹在身上暖洋洋的。一阵春雨飘洒过后，地面潮湿了。我取出种子，在香橼树根下，在墙角边，在篱笆墙沿，趁着湿润的春雨，播下了扁豆、丝瓜、瓦瓜种子，也播下了无限的好奇心。满足这种好奇心成了我课余的追求和乐趣。

放学回到家，书包都没有放下来，我就来到播种的地方仔细观察。泥土还是那些泥土，种子默默地躲藏在泥土里，迟迟不肯出来透透气。天气干燥时，我会浇些水。有时会从松湿的泥土里爬出一两条蚯蚓，挺瘆人的。我曾幼稚地问父母：种子怎么还不发芽呀？蚯蚓会不会把种子吃掉呀？问得他们笑得合不拢嘴。我父亲有些文化，脑子也聪明，他对我的好奇和无知不但不批评，反而给予鼓励。他总是这样教育我：路是人走出来的，也是问出来的，不懂就要问，千万不要不懂装懂。他还会耐心地给我讲蚯蚓的习性，并说蚯蚓是“松土机”，它绝不会吃种子，也吃不下去。我完全听懂了，在心里留下了蚯蚓的印象。每天放学回家，我都会充满信心地重复着观察、浇水的动作。功夫不负有心人，终于有一天早晨，种子发芽从泥土中露出了两片嫩嫩的绿叶，叶子只有黄豆粒大小，但我凝视了足有五分钟，心中点燃了瓜果飘香的希望火焰。

天气暖和了，而且越来越暖。瓜苗也在充沛的雨水和温暖的阳光下茁壮成长。开始牵藤时，我在母亲的指导下，找来草绳，把丝瓜藤引向香橼树，把扁豆藤牵向篱笆墙；把瓦瓜藤牵上墙，又从墙上爬到屋顶的瓦片上。到了穿衬衣的季节，我家的院子里充满了生机盎然的绿色。绿色的藤蔓上开始打起了各式各样、大大小小的花蕊。灼热的阳光照到花蕊和绿叶上，更加生气勃勃。太阳的光芒催着含苞的花蕊一个一个地开放，沁出一阵一阵的清香，也引来不少蜜蜂在花丛中尽情地飞来飞去，发出嗡嗡的声音。天越来越热，花越开越多。丝瓜藤上、瓦瓜藤上那喇叭似的鲜艳的黄花，夺人眼目；扁豆花是紫红色的，一大簇一大簇的，在绿叶丛中显得更加耀目。院子里成了花的海洋，真正是空中花园，不少同学有事没事就到我家小院里转悠，闻着不需付费的清香，欣赏着美丽骄人的鲜花，个个心旷神怡的表情流露在脸庞上。

开花就会结果，这结出的果实也是各有特色，在我童年的心中留下了无限的欢欣和永久的记忆。这真应了一句俗话：一分耕耘，一分收获。

空中果园也分上、中、下三层。最高处在屋顶，那是瓦瓜；其次是丝瓜，它挂在树上；再则就是篱笆墙上的扁豆。我们首先吃到的是丝瓜。

丝瓜的藤蔓透着旺盛的生命力。从两片萌芽慢慢地长出绿茵茵的叶片，再长出藤蔓，顺着粗壮的香橼树干一直往上爬。主茎上又生出无数的分叉，把一棵大伞似的香橼树缠得死死的。先是开满了艳丽的黄花，继而又挂出了一个个“小爆竹”。“小爆竹”慢慢地变粗。我一放学，就往树下一站，仰着头用手指着挂在树上的丝瓜，一个一个地数，从东往西绕一圈，又从上往下看过去，但怎么数都数不清楚，重数两三遍都得不出一个准确的数字。数丝瓜的过程是愉快的，那愉悦就在无休止的数数中。

当第一批丝瓜成熟时，母亲会拿来一个板凳，把手够得到的、矮处的丝瓜摘下来，高处的够不到，母亲也有办法。她找来一根长竹竿，在竹竿头上绑上一把割麦子用的镰刀，然后用镰刀割丝瓜。有些丝瓜从高处“啪”的一声掉到地上，摔成两半，露出雪白的瓜瓤。这个时候我是最高兴的。我拿着一个篮子，捡起掉在地上的丝瓜，心中满是自豪。

第一批丝瓜在厨房里飘香时，瓦屋顶上已经爬满瓦瓜的藤蔓，开满了黄澄澄的喇叭花，它们一个个拳头大小，像战争年代的小手雷，分布在叶蔓中。我个子不太高，光用眼睛看，很难看到埋伏在蔓藤中的小瓦瓜。那时我有一架望远镜，是我上海的姑妈带给我的玩具，谁知道竟然派上了大用场。我一放学，就会从书包中取出那架望远镜，煞有介事地踮着脚朝屋顶上张望。别看是玩具望远镜，这东西还真管用。透过望远镜的镜头，屋顶上分布在叶蔓中的瓦瓜看得清清楚楚。收获瓦瓜的时候，这个任务被我父亲包了。也只有父亲有胆量爬上屋顶，把瓦瓜一个个摘下来，顺着梯子送下来。那个时候家中的口粮不是太宽裕，瓦瓜也成了主粮。

初秋，高远的天空碧蓝，阳光刺眼。这时的篱笆墙已经看不到竹篾了，全被绿茵茵的扁豆覆盖了。扁豆叶丛中一簇一簇的扁豆，小鞭炮似的挂着，让人看不够。空中果园最耐看的就是扁豆。它长满了篱笆墙，与目光平齐，既不用踮脚，也不用仰头，就像在展厅里欣赏国画。采摘扁豆就是我的任务。采摘的过程是轻松愉快的，可以一手提篮子，一手采摘。当丰收的硕果装满篮子时，心中也充满了对人生难得的满足。

空中菜园给我家不大的院子带来满院的瓜果香，这香气也飘向左邻右舍。经历了丝瓜、扁豆、瓦瓜从种子到果实的全过程，我的好奇心得到了极大的满足。人生其实也一样，人生就是一颗种子。

炮场学骑车

在我童年的记忆中，我没有在乡里见过一辆自行车。因此，我不会骑自行车是先天不足。我的家乡是水洼地。

参军来到苏州城，我学不会骑自行车，大家暗地里都笑话我。

我的好老乡、好同学莫登林知道我不会骑自行车，自告奋勇当我的老师，激起了我学自行车的热情。

炮场就是练车场。炮场的地形很适合练骑车。炮场约 500 米，宽也有 100 多米。炮场的东边是团部大会堂，大会堂的大门正对着操场。北边是团部办公大楼，办公楼前有一条东西营区公路，紧挨着公路的北边是连队住房，一栋接着一栋，一直排到操场西头的西大门。营区公路的两旁长着高大的泡桐树，每到阳春三月，满树的泡桐花一簇一簇的。操场的南边有一条营区公路。其实营区公路是相连的，紧紧地围绕着炮场。炮场的南边是一排榴弹炮。西边是一排大厂房似的炮库。长长的炮管平伸着往前。一般不训练时，大炮都穿着军绿色的炮衣。

炮场的中心位置是一块篮球场大小的草地。这就是我最初的骑车训练场。莫登林第一次教我骑车，先揭了我的短。他说，在港口中学的操场上，大家都在学骑自行车，就是你怎么也学不会。现在我给你讲要领，只要要领掌握好了，三天包你会。他这么一说，我还真的信心大增。我说，你教会我骑自行车，我去观前街的得月楼请你吃大餐。

他一口气给我讲了五个要领：平衡是关键、胆大是基础、趟车要熟练、跨上要迅速、眼睛瞄向前。我照着这五个要领反复练习，大部分时间都是中午或晚上，由他陪练。好在炮场的中心地带是草地，摔下来车子跌不坏，人也不容易跌伤。就这样一连练了三个星期，胆子也大了，但就是踮不起来，只要脚一离地，连人带车就重重地摔在草地上。至于什么平衡，什么眼光瞄前，这些暂时用不上。因为踮不上车，一切也就无从谈起。莫登林原来说三天肯定教会我骑车，可三个星期过去了，我还是跨不上自行车。莫登林是个热心人，我都泄气了他也不泄气。他改变了练车的方法。他的意思是先学会骑车，再学蹬车、上车。我没有主意，他怎么教，我怎么练。

这可苦了好战友莫登林。我先爬上车。莫登林始终在自行车的后座用手使劲地拉着，还要不停地往左往右使劲地调整自行车的方向。因为我是初学骑车，根本把握不住车把的方向，自行车总是左右摇晃。但这样学我的信心大增。因为骑在自行车上的感觉真是好极了，尤其是脚一使劲蹬，自行车轮子就转得很快。自行车有个特点，轮子转得越快，自行车就越平衡，车把也就越好控制。莫登林跟着自行车可就吃苦了。我蹬得越快，他就必须跑得更快。他满头大汗都来不及擦，还不时幽默地鼓励我："看来得月楼的大餐有希望了。"

一个星期下来，我已经不用他扶就能骑得很熟练了。但有个致命的弱点，我既不会自己踮脚趟车上车，更不会自行下车，上车、下车都得扶。又是一个星期过去了，没有半点进展。这样，只要我练车，莫登林就必须在操场上，随时扶我上车或下车。只要上了车，我就能骑得很自如，而且我还骑车骑出瘾来了。为此，闹了一个大笑话，从此，也断绝了我学骑自行车的念头。

记得那是七月难熬的天。炮场上大炮全都穿上了炮衣。草地上的草都晒蔫了。知了在浓浓密密的树叶中不停地叫，谁听了都心烦。吃过午饭，我去找莫登林陪练。他把我扶上车，让我沿着炮场四周的营区公路绕圈子。我记得清清楚楚，我们炮兵团宣传股的办公室是独立的三间大平房，就在团大礼堂的南边。我从大礼堂门口上了车，莫登林松开手后，我轻松地沿着大礼堂前的营区公路，绕到宣传股大平房门口转过来，又上了环形营区公路，一路往西。我骑着自行车，虽然头上顶着夏天的烈日，但由于车速较快，一阵一阵的夏风吹在身上还挺凉爽的。自行车很快向西行。一门一门威武的榴弹炮一晃一晃地从侧面闪过去。拐过几个小弯，自行车沿着营房门前的营区公路轻松地往前骑。我不断地打着清脆的铃声，十分得意。其实路上根本没有行人。整个炮场，视觉之内除了莫登林站在大礼堂前的树荫下直愣愣看着我行进中的自行车，什么人也没有。我转了一圈来到莫登林的跟前。莫登林连夸几句骑得好，更增强了我的信心。我要求莫登林先到宣传股休息，我再骑几圈。到时再叫他扶我下车。我感激地望了战友一眼，一路飞快地往炮场西边骑去。

太阳火辣辣地挂在炮场的天空，蔚蓝色的天空中没有一丝云彩，像水洗过一样明亮。炮场上空偶尔飞过一两只不知名的鸟雀，发出一两声鸣叫。到处热烘烘的。我在操场上连转四圈下来，浑身都湿透了。最要命的是满头是汗，额头上流下的汗从眉毛上流到眼眶里，很涩眼。我想用手擦一下，但两只手都扶着车把。于是我想到莫登林，赶紧骑到宣传股门前大叫一声。意思很清楚，请他出来扶我下车。

估计莫登林没有听到，我只好继续往前走，又骑了一圈来到宣传股门口。这次我的喊声特别高。虽然车速慢一些，但自行车必须往前骑。后面仍然没有动静。估计莫登林睡着了。天气这么热，又是中午，谁不想睡一会儿。我只好继续转圈。转到侦察连门前，我大声往里喊了一声，但自行车仍然往前走。我车子已经离侦察连门口 40 多米了。我往后一看，出来一名战士朝我的背影望了一眼又回去了。我彻底失望了，看来得自己想办法下车，要不然得骑到莫登林睡醒才能扶我下车。

突然，我眼前一亮，前面的加农炮炮管不是平伸向前的吗，我骑过去，用一只手抓住加农炮炮管，不就可以下来了吗！这招真灵，我安全地下了车。我擦着额头上的汗，推着自行车往宣传股门口走去。我心里越想越后怕，这好在有加农炮，要是在大街上抓什么！真险！看来我还真不是学骑自行车的料。我很感谢莫登林，但在离开苏州前，我再也没有碰过自行车。

风雨灵岩山

恋人来苏州度假。

第一个星期天，我们就决定游灵岩山。恋人充满了好奇，我却充满了担心。因为我虽在苏州当兵，但没有去过灵岩山。我与恋人的通信中说的都是书上看来的，有些内容我还搞了些添油加醋。

夏天，早上就很热。那时经济条件差，我带着恋人只能挤公交车。红彤彤的太阳不知什么时候隐到厚厚的云层里。公交车车窗开着，带着热气的风吹进车厢，使人感到有些闷热。公交车行驶在尚未大规模开发的苏州城郊公路上。公路不太宽，也不太平坦，有时还有些颠簸。我指着路边的指路牌说："灵岩山在苏州西南方向，这条公路通往灵岩山。其实灵岩山周边全是名山，峰峦环绕。灵岩山紧靠木渎镇。从木渎镇自北向西有天平山、寒山、穹窿山、香山、清明山等。再自南向东有名的山是横山、楞伽山、黄山、狮山。灵岩山在群山之间，挺拔奇秀，有"吴中第一峰"之誉……我这一介绍，恋人从窗口往远处眺望，浮想联翩。

汽车一路颠簸前行，一个多小时的工夫，就到了灵岩山山脚下。车停稳后，我和恋人下了车。这时天空变得更加昏暗，风吹得也有些急。一些喃喃私语的燕子在山坡树林上超低空飞来飞去。我们刚在山脚下的汽车站亭子旁边站定，天空就下起了黄豆大小的雨点子。我赶紧拉着恋人到亭子里躲雨。

我俩的目光几乎同时往上山的方向扫了一眼，随即目光对视。从对视的眼神中，双方明显感到有些失望。那时“文革”刚结束，名胜古迹遭到破坏严重，还没有开始修复。通山的路是碎沙石铺就，风一吹，地上的尘土飞扬起来，路边树木上翠绿的叶子被灰尘抹成淡淡的土色。雨点越飘越密，一会儿工夫地上全湿透了。一阵凉凉的山风吹来，雨越下越大，山溪顺着山岩缝处慢慢地往下流。通往山上的碎石路上雨水小溪似的从上往下流淌。不到半小时，雨渐渐地停了，东边的天空慢慢亮起来。夏天的天就是孩子的脸，说变就变。早上出门还见到朝霞，也没有带伞，走了不到两小时，大雨就来了。刚才满山的灰色变成了青翠，空气在雨后格外的清新，山风吹在身上，特别的凉爽，游山的兴致又高涨起来。我拉着恋人的手走出亭子，幽默地说：“西施的妹妹来了，雨把灵岩山冲洗一遍来迎亲。”恋人知道开玩笑，脸上也露出笑容，明显很开心。女人总喜欢别人夸她美，这是天性。就是现代社会，你看大家看到女的，不管长得高与矮、美与丑，招呼时不叫名字，而是统一称呼“美女”。

上山的路从东边山坡的脚下往西往北慢慢地爬升。站在上山的路上，无论向哪个方向望去，都会有“灵岩秀绝冠江南”和“灵岩奇绝胜天台”的感慨。山上奇石嶙峋，灵岩山也是因山上有一石头酷似灵芝而得名的。我们边往山上走，边指指点点。灵岩山过去就有十二奇石或十八奇石的说法。仔细看就会发现，这里的石头真的很奇特：有的像昂首攀游状的石蛇，有的像敲打有声的石鼓；有状如发团的石髻，有翘首隆背的石龟；有两耳直竖的石兔，还有形影不离的鸳鸯石、埋头犁地的牛背石。快到半山腰时，各种奇石更是在山林中隐隐约约，十分形象。石马、石猫、石鼠、飞鸽石、蛤蟆石、袈裟石、醉僧石异趣横生，惟妙惟肖。

赏石不觉时间，一晃快到中午。乌云已经全部散尽，火辣辣的太阳挂在中天，炙人的阳光照在灵岩山上。山路上刚下不久的雨水很快蒸发了。到了山顶，该是吃午饭的时间，但游玩不觉饿，何况到了灵岩山风景绝佳处了。几千年前，西施生活过的地方现在是个什么模样，这是人们旅游前最大的好奇。看了，也不觉得有什么特别了。因为那时景区毕竟没有开发。损坏的已经损坏了，没有修复；因战火或灾害剩下遗迹的地方，如果不看牌子，你就是从它上面走过去，也不知道这是西施、吴王曾经生活过的馆娃宫遗址。吴王井是西施以水为镜、插花理妆的地方，井中亮晶晶的水面仍然照得见人影。玩花池里的荷叶碧绿碧绿的，荷花开得很美很艳，还有含苞待放的花骨朵，上面有一只小蜻蜓，似乎刚飞累了正在花朵上落脚小憩。这玩花池可是西施荡桨采莲、避暑取乐的胜地。还有西施临波戏月、纤手遮云的玩月池，也别有风味。至于西施与越女娃一起轻歌曼舞的响屧廊、泛舟采香的采香泾、梳妆沐浴的胭粉塘、划船嬉戏的画船坊，看后也会耳目一新，回味无穷，令人穿越时间隧道去激发无限的联想。这些遗迹景点顺着观看，会在不知不觉中将你一会儿带到半山腰，一会儿领到山峰处，一会儿来到悬崖峭壁极目远望，一会儿走到山脚边。灵岩山高不过 200 米，方圆不到 2000 亩，它就是苏州郊外一只秀美的“大盆景”。

这“盆景”是国内外驰名的风景游览胜景。“盆景”的最高处是灵岩山寺，寺中建有灵岩山塔。灵岩山塔原名多宝佛塔，也称灵岩塔，初建于梁天监二年，原塔九层。“文革”后，我们所见的塔已经年久失修，塔上野鸟筑巢、杂草丛生，看了让人顿生凄清苍凉之感……

风雨游灵岩虽然过去几十年，但那时是与恋人久别重逢，又是看了书信中描述的吴王、西施故事，为探奇而来，至今仍回味无穷。

秧草的故事

现在网上流传着一个风趣幽默而耐人寻味的段子，意思是人也好，物也好，三十年河东，三十年河西，其实说的是一个哲学上的普遍规律：事物总是变化的。段子中说，过去农村人吃草为活命，现在城里人吃草保命长，意思是几十年前的饥饿年代里，农村人主粮不够，只能以草填肚。在镇江东乡一带，特别是东乡东边的扬中人，更是把草当作“救命草”。秧草的故事在我的脑海里显现出来。

秧草，又名金花菜、三叶菜，因大港、扬中一带农村里喜把三叶菜种在秧田里而称为秧草。秧草生长在秋冬，其耐寒、抗旱、抗病虫害能力极强，长得特别茂盛。在饥饿的年代里，这不起眼的沤肥料的植物成为人们的救命稻草，并上演着一个婆媳和谐的动人故事。说的是圌山东麓的山坡上有一户人家，家中有六口人。婆婆常年生病卧床，男人带着三个年幼的子女外出要饭，媳妇在家伺候婆婆。正值三九寒天，北风呼呼地吹着山坡上的松树，发出骇人的怪叫声。巧媳妇难为无米之炊。家中米缸已经见底好几天。每天媳妇总是在太阳升起的时候就下山到附近村庄要饭，她最大的愿望是不能空手回来，不能让婆婆饿着肚子挨冻。这一年，由于先涝后旱，家家的口粮都很紧，断粮的人家不少，这户人家已经断粮几天了。男人出门到城里要饭，媳妇为照顾婆婆只能在圌山脚下的村里要。这天，她跑了几个村庄，一粒米也没有讨到。她拖着疲惫的身体沿着山脚下的小路一步一步往山坡上爬。走着走着，她突然看到山坡朝南的方向有一块三四十平方米大的凹进去的平地。尽管天寒地冻，土地干旱，看不见野草，但那块地里却绿油油的一片。她眼睛一亮，跌跌撞撞地往凹地里走过去。谁知脚下一滑，滑进绿油油的地里。尽管腰腿疼痛，她还是忍住痛，伸手拔起几棵绿茵茵的三叶菜。她高兴得差点叫起来，这不是秧草吗？农村里长大的媳妇都知道秧草。她知道，这秧草是喂猪的好饲料，用秧草喂出的猪肉又肥又香。现在闹饥荒，这秧草可是及时的救命草。她不顾寒冷，掏出要饭的布袋子，一把一把地揪秧草，装满一袋子后，她从凹地里往上爬。坡有些陡，她连爬几次都滚了下来。她急出了一身汗，身上也跌得疼痛难忍，但想到病床上又饥又寒的婆婆，她又一次用足力气，终于爬了上来。到了家，她把山坳里有秧草的好消息告诉婆婆后，赶紧生火煮草。婆媳当晚吃上了一顿鲜美绝伦的草餐。媳妇为人善良，第二天，就把山坡边的凹地里有秧草的消息告诉了附近的断粮户。这一发现不仅救了她们婆媳俩，而且救了不少人。秧草成为救命草的故事就传开了。

说到这救命草，总能说出些故事，有些故事还带着神秘的色彩。故事说秧草不是地上的普通草，而是天狗从天上带下来的。天狗生性善良，它想人间正闹饥荒，于是偷偷地跑到秧草屯子里，打了一个滚，经过一番精心伪装后悄悄地溜到了人间。秧草籽生命力极强，这东乡、扬中一带沿江全是沙壤土质，适合秧草生长，于是秧草就这么繁殖开来。

秧草佐菜居然有了名气，这也是偶然中的事。东乡、扬中一带靠着长江边，江鲜很有名。但江鲜刀鱼、鲥鱼、鲴鱼吃多了也会感到腻。于是，聪明的东乡、扬中人烧江鲜时加些秧草做墊盘。秧草碧绿碧绿，这江鲜雪白雪白的，白绿相间，色彩很引人。秧草的鲜味和江鲜的鲜味一混合，更是鲜上加鲜，这就有了东乡、扬中一带待客的名菜："秧草烧河豚""秧草烧鮰鱼""秧草烧河蚌"……秧草虽是配菜，但秧草的鲜味独特，更能勾起人的食欲。本来秧草做配菜已经很有名了，让乾隆皇帝一品尝，又传出一段引人关注的秧草故事。

这秧草还真有其独特的魅力。许多城里来的客人吃了秧草烧江鲜后，总要对秧草问长问短。有些客人也不顾面子，主动提出希望带些秧草回去让家里人也尝尝鲜。这喂猪的、沤肥草顿时吃香起来。聪明的扬中人脑瓜子一转，打起了秧草发财的主意。于是秧草加工厂诞生了。真空包装的"三叶菜"销到北上广。

我扬中有个朋友，逢年过节会给我带上两盒。这玻璃瓶真空包装的三叶菜，又香又鲜。吃粥当咸菜，吃饭也是不错的下饭菜。

生活条件改善了，三叶菜不但摆上桌，而且人见人爱。

当然，人们记住的仍然是它的土名——秧草。

第三辑　风俗留痕

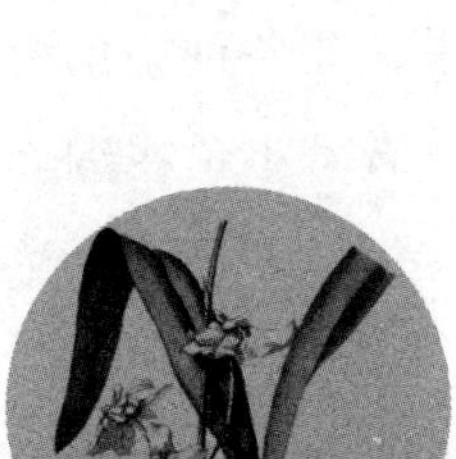

傍晚洗河浴

小时候家乡的河流像一幅水粉画浮现在我的眼前。那时候的河面好像特别宽，河的中间有一块三四分地大的垛子，垛子的四周长满了垂杨柳。轻柔的长长的枝条密密匝匝地挂到水边，偶尔会听到小鱼咬枝芽的扑水声。垛子的四周全是水，没有风的时候，像一面面的镜子，阳光从白莲花般的云朵里透出来，照到平平的河面上，泛起无数的光芒，有时还刺眼。码头由几个大磨盘并排连在一起，现在还是以前的模样。那时河水碧清碧清的，一眼能望到河底的小石块，连小石块上栖息的螺蛳也看得清清楚楚。小时候，我们村里没有自来水，淘米洗菜全靠这一河碧水。记得母亲叫我淘米时，我总是把淘米篮子沉入水中，让各种小鱼游进来觅食，然后轻轻地往上一提，总能收获几条小鱼。看着小鱼在淘箩里乱蹦乱跳，我开心极了。

童年时代的冬天特别冷，夏天特别热。夏天洗澡，基本上就把眼前的河水当成大澡盆。七八岁时，我就会游泳，而且游得很远。炎热的夏天傍晚，天麻麻黑，我就会和邻居家男孩们来到河边。毛巾、换洗衣服什么的，我们都不带，其实也没有那个条件。父母绝对不会允许我们带毛巾到河边洗澡，因为一条毛巾掉到河里可是一笔不小的损失。说实在的，当时下水，我们都是光屁股，短裤一脱，往石磨上一放，用一块砖头压着。“扑通”一声跳进河水，清凉的河水立即让我们进入一个舒舒服服、自由驰骋的世界。我往往一个深潜，用双手在水下作桨，使劲憋住气，一直潜水到河中的垛边，才从水中露出头来。其他的小伙伴也都陆续到位，凭借垛边杨柳枝条的掩护，开心地打起水仗。

天已经很暗了。天上零散的星星直朝我们眨巴着眼睛，鸟儿喳喳的叫声已经消失了，只有知了的叫声一阵一阵的传来。我们戏水忘记了时间，直到码头上传来家长们不放心的喊声，只听“扑通！扑通！”，不到几分钟，全都到码头冒出了头，湿淋淋地爬上岸。这时，我常常会接过母亲递过来的毛巾，三下五除二一抹，穿上短裤，一溜烟跑回家。

洗河浴，也只有在那特定的贫困年代、特定的无污染的环境下的河水里才能实现。现在的人们是无法想象洗澡会在河里完成的，甚至到河里去游泳也是件难以做到的事，洗河浴也只能是快乐的想象了。上高中时，学校附近有条大河，水很清澈。天热的季节，我就把葫芦湾当作洗澡堂了。其实，在那巨大的澡盆里，洗浴别有一番乐趣。我们六七个男生相约，来到河湾边。到了水边，我们就如河边青草丛中的蛙群，一个接一个，“扑通！扑通！”跳进河里。大家欢快地畅游，发出哗啦哗啦的水声。有的同学蛙泳，把水闹腾得很响；有的同学踩水，边踩水边享受着当时的流行歌曲《打靶归来》。天空中，月亮已经挂上了树梢。那时的月光特别亮。记得踩得最得意的一个同学姓张，个子高高的，眼睛大大的。我眼睛一斜，看到他不但悠闲地踩水，而且手还在不停地搓洗衣服。我们大多数人只是用手搓搓擦擦自己的身体，在洁净的河水中闹腾一会，就向岸边游来。我刚爬上岸，一看那姓张的同学还在河中间，手不停地在水中“哗啦哗啦”地捞着什么。大家的目光一下子聚焦过去，他在河中着急地大声嚷嚷。我竖起耳朵，仔细地听才听清楚，原来他的短裤沉到河底了，天黑下来，一时无法寻着，麻烦我到宿舍给他拿裤子来。大家全听明白后，哄然大笑，咯咯的笑声把河边树上夜宿的鸟儿惊飞到四面八方。这件事虽然过去四十多年了，但想起来仍然忍不住笑出声来。

三十年河东，三十年河西。也许河水经过三十年的时代变迁由清变浑，经过几十年的努力治理又会慢慢地由浑变清。

相信夏天洗河浴这个梦一定会实现。

蛛网粘蜻蜓

我的童年正是困难时期过后。肚子总算填饱了，但是拥有的玩具，跟我三岁的孙女比，说零比一百,一点儿也不夸张。我孙女才三岁，玩具五花八门。我们那个年代没有玩具，但玩的花样还是五花八门的。爱玩是孩子的天性，我童年时就特别爱玩，总是想方设法玩出新花样。

粘蜻蜓就是我最爱玩的一种，而且玩到升腾的阶段。蜻蜓在乡村是最漂亮、最多见的一种昆虫。每到初夏时节，尤其是天气比较闷热的时候，天空中蜻蜓就会多起来。一只蜻蜓就是一架漂亮的小飞机，它那两只漂亮的翅膀不停地扑打着，自由自在地在不太高的天空中飞来飞去。我们往往会全神贯注地观察飞行中的蜻蜓，有时还一路小跑跟在后面追。蜻蜓成群结队地飞行，往往是大雨将至的征兆。天空铅灰色的云彩一团一团地多起来，太阳早已躲到了云团的背后。这时往往天空有些昏暗，燥闷难受。成群的蜻蜓集聚在池塘边的树梢上空飞行。这时也是我们这群孩子跟着蜻蜓赛跑，玩得最开心的时候。当一群超低飞行的蜻蜓到眼前时，我往往会情不自禁地跳起来，伸手去抓。最终是蜻蜓受到惊吓飞向高处，而我则两手空空，什么也抓不到。

蜻蜓总会在树枝上歇下来，我决定用蛛网粘蜻蜓。清晨，我起得很早，轻轻地从篱笆墙抽出一根长长的芦苇秆，把细的一头弯成一个三角形，再用棉线绑扎好。我拿着这个三角拍子，到房檐屋后，专往蜘蛛网上搅。早上的蜘蛛网很黏很黏，连搅上三个蜘蛛网，三角拍子上的蛛网就很有黏劲了。我扛着三角拍子，来到河边的树丛里。我看到一棵桑树的枝丫上挂着一只蜻蜓，轻手轻脚地靠过去，举起三角拍子猛地往上挥。蜻蜓可能睡得很死，等它结结实实粘在蜘蛛网拍上时，才知道拼命地挣扎。我把三角拍子慢慢地收到手边，轻轻地一逮，一只漂亮的蜻蜓就成了我的俘虏。我逮住蜻蜓玩一会儿就放飞，再到别处粘。我一连几天早晨都去网蛛网粘蜻蜓。好多邻居小朋友也都学着我的做法，玩起了粘蜻蜓。由于每天早上要从篱笆墙抽一两根芦苇秆，一段时间下来，我家的篱笆墙就被抽出了一个大洞。爸妈发现后，对我一顿臭骂。我想，如果做一只能飞的小蜻蜓，就可以尽情地玩了。

那时，我虽然不懂得什么叫仿生学，但我知道仿生玩。我照着蜻蜓的样子用竹子做了一个蜻蜓。我找了一块竹片，用刀削成薄片，竹片的中间掏个小洞，用一截筷子塞进孔洞。竹片片就相当于蜻蜓的两只翅膀。我使尽全身的力气，抓住筷头，抛向空中，竹蜻蜓歪歪斜斜地从空中摔下来，分成了两截。我把筷子的一头再塞进去，又一次抛向天空。反复抛升，居然越玩越起劲，越玩越有兴致。

我玩竹蜻蜓，很快被伙伴们学去了。有个小伙伴的爸爸是个篾匠，他做了一个很结实的竹蜻蜓，竹片削得很光滑，抛来抛去，就是不散架。我感觉自己做的竹蜻蜓太笨、太重，比例失调，根本不可能飞起来。怎么才能飞起来呢？我把小伙伴的竹蜻蜓借过来，在操场上抛来抛去。他的竹蜻蜓由于竹片薄，杆子也细，在天空中真有飘起来的感觉。我灵机一动，把抛改成用双手搓，反复搓，搓到一定的速度，一松手，竹蜻蜓居然升上天空，之后又慢悠悠地飘落下来。大家都开心极了，你搓一把飞一次，他搓一把飞一次，飞来飞去，直到天空暗下来，才不情愿地回家。

过了几天，那小伙伴又来到操场上。他从书包里拿出五六个竹蜻蜓挨个儿递给我们。原来，他回去跟他爸爸一说，他爸爸一连做了五六个竹蜻蜓。我们几个要好的小伙伴，每人一个竹蜻蜓，不停地搓，不停地放飞。空中飞来飞去的竹蜻蜓此起彼伏，欢声笑语满操场。

在物质极其匮乏的年代，我们只能穷开心。简单的玩法开发了我们童年的智慧，我们儿时的梦想也随着这轻盈的竹蜻蜓飞向高处，飞向远处……

难忘中秋节

儿时，我对一年四季中的各个节日都是那么的企盼。除了春节，中秋节在孩子的眼中，就是第二个春节了。七月半一过，我们这些小伙伴就开始扳着指头数日子，盼望早些过上中秋节。其实这种急切企盼就是为了一件事：吃。

过中秋节不如过春节。过春节连续一段时间都能解馋，而且花样比较多，数量相对也充足，经得起我们这些孩子狼吞虎咽打消耗战。中秋节可不一样，快快乐乐就一天。所有好吃的基本上都是黄瓜敲锣，一锤子买卖，当天消灭光，没有剩余货。中秋节那一天，早上树梢上的麻雀叫喳喳的时候就起床，一直到十五的月亮升到天空玩捉迷藏，神经始终处于兴奋状态。当然，这种兴奋也有规律可循。

上午是盼，盼望中充满了想象。老师讲课基本是听不进去的。想象中的那月饼像刚从油锅里捞上来似的，用手指能捏出油来。那一层黑色的或白色的芝麻，充满了诱惑。童年时代对芝麻香味的迷恋根本无法用词语来形容。我记得只要吃一口月饼皮上沾的芝麻，嘴里的香气一个小时都难以消失。再想想那月饼的馅，那五仁掺和蔗糖，浸透着香油，真是又甜又香。想完了月饼，还会想象晚上的菱米烧新鸭，而且可以吃上香喷喷的大米饭。想着想着，口水就沿着嘴角流了下来。

秋天是丰收的季节，瓜果飘香，新稻登场。中秋这天，心灵手巧的母亲会用刚刚磨出来的糯米粉包上芝麻粉或绿豆熬制的豆沙，在锅里慢慢地蒸。我记得很清楚，锅中间放些清水，然后将一只碗反扣在锅的中间，四周贴满了粘饼。饼子在蒸汽的蒸烤下慢慢地熟了。那粘饼平时是不怎么吃到的，但中秋那一天，母亲总要一次做好几锅。

中午是看。当上午最后一堂课的下课铃当当当敲响后，不等老师喊下课，我们就背起书包冲出教室，像离弦的箭直往家里跑。刚踏上门口的条石台阶，就看到我家那熟悉的篾子编的小竹篮，竹篮里装满刚从河里翻上来的四角菱。从篮子里流出来的水淌到下面的台阶上。我心里一喜，这是我母亲的一个远房亲戚送来的。她家是地道的农民，门口有一口较大的河塘。河塘每年都种些菱角，长得十分茂盛。每到中秋节，她家总是先翻一篮子菱角送到我家。母亲也是来而不往非礼也，总是拖着推着回些豆腐百页。看到这鲜嫩的四角菱，我心里有数了，今晚的菱米烧新鸭一半有着落了。我跨进屋里，四处张望，母亲知道我在找什么，总是嗔怪地说几句："家里就你嘴馋，放心，晚上还是菱米烧新鸭！"

说到菱米烧新鸭，我不能不说那时的味道真是特别鲜美。也许很多现在的青年会不屑一顾：菱米烧新鸭我们天天都吃，有什么了不起。但我不能不说，那时菱米烧新鸭的那味道，你现在在城里还真吃不到，不可能有那时的原汁原味。那菱米，鲜中带甜，甜中带鲜；那鸭肉，更是又嫩又鲜，回味无穷。

晚上是吃。吃是重头戏，也是儿时过中秋最欢心最畅快的时候。月到中秋分外明。那时的秋天天高气爽，到处是蓝蓝的一片。到了傍晚，晚霞映红了西边的天空，和煦的秋风吹着朵朵染着晚霞的云彩慢悠悠地飘动。天空渐渐暗下来时，墙角边各种叫不出名字的秋虫吱吱地唱起了夜曲。明亮如盘的月亮在东边的树梢上冉冉升起。这时，一家人在父母的带领下，来到院子里的临时贡桌前，向月神叩头。贡桌上有月饼、粘饼和烧熟的四角菱，我的目光盯着贡品，馋虫把我的嘴巴撩得痒痒的。敬过月神之后，一家人围坐在八仙桌前，品味着菱米烧新鸭。门外传来一阵阵欢快的歌声：

“天上布满星，
月牙亮晶晶，
生产队里开大会，
诉苦把冤申。”

这熟悉的歌声传到我的耳朵里，我就知道那帮小伙伴晚饭吃好了，正在巷子里乱窜。歌声在招引伙伴们赶快出来玩捉迷藏。

捉迷藏在我们里下河有个俗称叫“躲躲寻寻儿”，也叫“摸三三鱼儿”，其实捉迷藏很简单，但很好玩。做“呆”的人把双眼蒙起来，其他人便奔向四面八方躲藏起来。夜色朦胧，虽有月光，但也难以捕捉。因为大家躲在草堆旁、大树后，还有的躲进青草丛中，有的躲到河坎上。记得有个调皮的小伙伴竟然躲到人家贡桌底下，不停地偷吃贡品。其实，当地有个风俗，供月光菩萨也就是供月神的贡品可以偷吃，在我们那儿叫“摸秋”。大家躲好后，做“呆”的人就凭经验直奔可能隐蔽的地方去寻，但机灵鬼会及时转移。直到捉住人后，做“呆”的才能解放出来，被捉的人做“呆”继续玩。捉迷藏的游戏充分满足了我们好奇、紧张和欢愉的情感，一直是中秋节的保留节目。

中秋节有吃有玩，你说在那贫困的年代里能忘记吗？难忘！

水乡会船

我的家乡在里下河的淤溪镇。这里最著名的就是水多。弯弯的小河一条缠住一条，清亮的河水沿着村庄、绕着垛田静静地流淌。小时候最好玩的就是鲍老湖的会船。鲍老湖周长10多公里，水面近3平方公里，水天一色，烟波浩渺。当年四乡八镇的会船操练竞赛，全都选在这茫茫的湖面上举行。清明前后，湖边的码头、草堆、树杈上都是看热闹的人，我也常常跟着大人到湖边看热闹。

会船的场面热闹而壮观，只有身临其境才能感受到那种震撼。清明节后第二天，一般会举行会船比赛。清晨，如果天晴，太阳红彤彤的挂在湖边的树梢上，阳光照在茫茫的湖面上，泛着金闪闪的光芒。四面八方的舟船竞发，云集而至。篙子船、划子船、花船、舞龙船，还有由几条小片儿船组成的在船群中东躲西藏的拐妇船。千顷碧波泛着光芒，湖面上响着锣声、鼓乐声、撑篙划船的击水声。篙子船大气磅礴，两船对齐后，但听“哐！哐！”两声锣响，篙手挥篙，齐刷刷地上去，又齐刷刷地下来，如排山倒海，又如巨蟒入水；划子船上的姑娘们一人一桨，桨柄扎着红布。中年妇女白衣蓝裤，头裹粉红毛巾，腰扎红绸，清爽明丽；姑娘们则以红为美，剪着齐耳短发，头戴红绸花，腰系红绸带，腿扎红绑腿。扬锣的妇女身披红披风，飒爽英姿，一声令锣，姑娘们手起桨落，前俯后仰，船如鲤鱼穿浪，彩虹飞波，时而在贡船之间穿梭，时而在篙子船之间腾跃，巾帼风采跃然湖上。花船不参加比赛，荡悠悠地在湖面上漂行。船的平台上，乐队和演员个个浓妆艳抹，载歌载舞，将原本在广场、街道上节庆期间表演的荡湖船、舞龙灯、花担等群众爱看爱听的传统节目搬到了花船平台上，在茫茫的热闹湖面上一显喜庆的风采。舞龙船的大平台上往往是两条龙，白龙和黄龙，也有红龙和青龙。他们自行舞动，时而探身窗外，如蛟龙戏水；时而跃上船台，似腾云驾雾；时而摇头摆尾，似游龙戏凤。

这么热闹的场面，往往会引来周围的村民观看。湖周边的好客村民又早早邀来四面八方的亲朋好友。会船比赛这天，鲍老湖热闹非凡，人声鼎沸。广阔无垠的鲍老湖，霎时间成了船的海洋、旗的海洋、人的海洋、歌的海洋。那时没有电视，没有网络，这样宏大的场面只能实景实看。

改革开放，万象更新，会船比赛也焕发了新的生机。我们这些在外地工作的游子，每临会船节都会接到当地政府的邀请。由于经常回乡参加会船节，由儿时只知道会船节的热闹，到逐渐对水乡会船的来历和文化积淀、民风民俗有了更深层次的了解。

家乡的会船主要分布在里下河水乡的溱潼、兴泰、叶甸、马庄、淤溪、罡扬、港口等乡镇，纵横百余平方公里。其中，紧靠我家的鲍老湖以及溱潼的喜鹊湖，是姜堰区最出名的两大赛区。鲍老湖退湖改田之后，特别是改革开放之后，就剩下溱潼的喜鹊湖一枝独秀了，而且名气越来越大，规模也越来越大。光是1989年、1990年两年，溱潼会船达500多条，加上附近乡镇的参赛船只近千条，水手上万人，观众也超过10万人。1991 年，会船节正式命名为“溱潼会船节”，随后被国家旅游局列为全国十大民俗节庆活动之一、四大民间传统旅游项目之一。溱潼会船节恢宏壮观的场面，惊心动魄的比赛，多姿多彩的表演，堪称“中国民俗文化大观，溱潼水乡风情博览”。从此，溱潼会船节走出江苏，走向全国，走向世界。

现今，“天下会船数溱潼，溱潼会船甲天下”。溱潼会船已成为里下河地区的一个品牌。其实，除了溱潼，在叶甸、淤溪、俞垛、罡扬、华港、桥头、沈高等百余平方公里范围里，处处都有天然的湖面，处处都有举行会船比赛的传统和习俗，只是规模小一些。会船比赛的拼搏精神已经流淌在里下河村民的血液中。近几十年来，苏北里下河地区的巨大变迁充分证明，只要有奋斗精神，贫穷落后的面貌一定会改变，也一定能改变。

水上闹新娘

从我家大门往北，走过一条巷子，就到了庄北头。庄北头是北大河。北大河像一条长长的葫芦，河面越往北越宽阔，靠庄的这头宽不过六七米。在不宽的这头有东西向的木头桥，沿桥两边是开阔的河岸。河岸上除了一些勤劳人家种的蔬菜外，就是各种形态歪着脖子的柳树。说来也奇怪，不知道什么人，也不知道什么时候种下的，这河岸边陆续长出许多参差不齐的杨柳树。但没有长得直的，不是歪向这边就是歪向那边。有一棵老杨柳树居然与河面近乎平行。我们这些调皮的同学有时会坐在树干上，把脚伸进水中戽水玩。这时，如果远处传来隐隐约约的锣鼓声，大家会立即高度兴奋起来。

这是接新娘的大船过来了。

锣鼓声越来越近，远处一条大肚船悠悠地驶过来。那船装饰得很喜庆：船头扎着一朵硕大的绸子做的大红花，船尾的舵把也缠上了绸子布，船的帮子上两边全贴上鲜红鲜红的对联。船上左右两边一排四人，像卫兵，不过手里可不是拿着枪，而是一人一根长长的篙子，每根篙子上端都扎着一条红绸布。篙子一升一降，很是整齐，很是壮观。篙子手就是抬轿子的，在我们里下河地区称“脚家”。轿子顶上五颜六色的，在阳光照耀下更显得华丽辉煌，金光灿灿。

随着锣鼓声越来越响，轿子看得越加清楚。两岸沿桥边的人也越来越多。很多人都站在桥上，那里是轿子船的必经之路。还有不少年轻人依在杨柳树干上，有的甚至爬到杨柳树枝杈上去看热闹。

水上闹新娘，其实看不到新娘。新娘坐在花轿中。一般大船的中舱会用木板铺平，上面可以稳稳地放一顶大花轿。在我们里下河地区，花轿是分等级的。最差的是竹壳轿，既小又轻便，没有装饰，只是轿顶有绸布大红花，轿的四周挂上红绸布。较高档次的要数灯轿了。这种轿子四面和顶上有上百盏小蜡烛灯，在路上只点顶上四角的四盏灯。但到了女方家或新娘接到家时，上百盏灯都点起来，特别是晚上看上去，灯光闪闪，煞是辉煌，十分耀眼。

闹新娘往往先是船脚先闹起来。北大河特别宽阔，接新娘的大船到了河中间，就会慢下来，突然停在水面上。一会儿工夫，船左右摇晃起来，晃动幅度越来越大，船上的锣鼓声中会传出一声一声的尖叫声。船剧烈晃动产生的巨大涌浪，一波接一波往岸边涌，拍打岸边的青草和桥边挡水的条石，水花四溅，发出阵阵的响声。这时大家心里全明白，船上的脚家正借着船过桥前的机会，趁着两岸人看热闹的热烈气氛，使劲地晃船，让新娘在轿子里不舒服，逼迫新娘的娘家人交出一些香烟和糖果，以示求饶。这些脚家闹惯了新娘，会根据给的糖果和香烟的多少来决定晃动的幅度。娘家有钱的，大方的，船晃动一会儿就会停下来；娘家穷的或者比较小气的，新娘就遭罪了。据说有的新娘会被晃得头昏难受，有的甚至会呕吐。好在这些新娘在娘家都会使船，一般晃晃倒也相安无事。不过香烟糖果总是要往外交的，否则脚家不会罢休。

还有一种水上闹新娘特别有趣，而且特别有悬念，但这就要看运气了。如果这天正好碰上两家接新娘的大船都经过这条大河，都要从桥下经过，那就有热闹可看了。如果是顺着一个方向来，两条船的娘家陪亲的就会早早地给撑船的脚家发烟递糖，有的甚至还包上个小红包递上。船上两边的竹篙会一上一下，速度极快。船速越来越快，涌浪越来越大，拍岸的水声会传到村里的各个旮旯，引来更多看热闹的村民。两条船都想抢先通过桥洞，就像会船比赛。这时，总有一条船先到桥下，看热闹的村民会往桥西边涌。因为船快过桥时，船上的娘家陪亲会因为抢了先而认为这是吉利，也就大方起来，拼命从船上往岸上撒糖果、香烟、花生。大家也会闹中取利，心满意足。没有赶上头彩的船过桥时往往放一挂小鞭炮，驱驱霉气，什么东西也不往岸上扔。村民们往往同情弱者，也不计较。

由于我们水网地区主要用船接新娘，因此也就有了这丰富多彩、花样繁多的水上闹新娘。其实那时也就是穷开心，糖多糖少不重要，烟多烟少也不重要。

开心就好，开心就是幸福！

风车悠悠转

九九那个艳阳天来哟，
十八岁的哥哥呀坐在河边，
东风呀吹得那个风车转哪，
蚕豆花儿香啊麦苗儿鲜。
风车呀风车，
那个依呀呀地唱哪，
小哥哥为什么呀不开言。

这是著名电影《柳堡的故事》中的主题歌。这部电影就是在我的家乡拍摄的。歌中提到的风车以及电影画面中的风车都是实景。

现在只有在旅游景点才能看到儿时的风车，而童年时代，坐着小船出村庄，举目望去，四处都可以看到悠悠旋转的风车。雪白的风帆在蓝天白云下，在麦苗青青菜花黄的大地上，随着风力的大小时快时慢有节奏地转动，带动着河边上的风车车水。哗啦啦的水流进干燥的沤田。清明前后正是苏北水乡沤田的时节。我的家乡盛产水稻。俗话说得好，水稻水稻，有水才长稻。所以，水稻田里不能脱水，也就是现在常说的湿地。过去苏北里下河都是水沤田，也称老沤田。即使是冬天和春天，田里也不能脱水，否则，水沤田一干就成了“筛子田”，水肥一上就会漏掉。到了夏天，秧苗如果缺少肥料，就会泛黄，不发棵。用老农的话说，这家要是田里缺肥，稻秧一定是没精打采的。要保持水沤田常年不缺水，就必须要把河里的水提运到沤田里。水乡到处河沟港汊，水是不缺的，河水总是围着田边转，关键是要把河水提升到沤田里。一般人家是用踏车上水，而大户人家都用风车车水。于是，水乡地区就有了独特的风景：风帆式风车。当然，风车的主要功能是车水沤田。

风车悠悠转，河水哗哗流。60 岁向上走的老人，只要一见到风帆式风车，思绪就会飘回到那年轻的岁月。我对家乡的风车没有研究，但也知道个大概。我们水乡的风车帆并非安装于轮轴径向位置，而是安装在轴架周围的八根柱杆上，帆又是偏装，即帆布在杆的一边较窄，在另一边较宽，并用绳索拉紧。这种设计是独特而有科学道理的。利用绳索的松紧和帆的偏装，在戗风或逆风时，会如同船帆一样。这种装置方式使帆可以自由随风摆动，而不产生特别的阻力，帆在外围转动的有效风力作用范围超出 180 度。这实际上充分利用了风能。难怪儿时无论外面刮什么样的风，也无论风力大与小，风车的风帆总是悠悠地旋转，车到田里的水总是不停地流淌。

儿时，我特别喜爱风车，玩来玩去总是不离风车周边。

春暖花开的季节，农村里的小孩没有什么体育设施，往往是因地制宜，有什么玩什么。那时没有见过外面精彩的世界，土玩意儿也玩得十分尽兴，十分开心，有时还玩得惊心动魄。每逢初夏，只要是星期天，我们几个调皮的小孩就会去田野里乱窜，现在的时髦语言叫踏青。我们那里是水乡，田连着村，村连着田，水绕着村子流，围着田边淌。我们几个调皮的小朋友只要一到田里，就往风车边上跑。几个小家伙也像风车的风帆似的转，有时会围到风车驱动的车槽旁。车槽一槅一槅的，慢慢地带着清澈的河水往上提，到了田边就流进田里。有时水中还会带上来一两条一两寸长的小鱼，随着清悠悠的河水蹦到沤田里。风车始终在悠悠地转，哪怕只有一点儿微风，它也不会停止转动。但也有停风的时候。暖洋洋的阳光照在金黄色的菜花上，蜜蜂和蝴蝶在花丛中飞来飞去，蜜蜂嗡嗡的声音像轻音乐似的在耳边响起。大地没有一丝风，车水的车槽也定格了，没有一点响声。风帆难得一见地停止了转动。

这时，玩耍的小伙伴中就会有胆大的提议爬风帆。我胆子小，不敢响应。但胆大的已经攀爬起来，最高时能爬到帆的顶部。我在一旁看得心惊肉跳，连连提醒他们下来。因为这时如果来一阵风的话，风帆旋转起来，那就非得出大事。要是从那么高的地方被甩下来，非要了小命不可。好在这个惊险的时间不长，风车的主人往往会从地边赶过来，厉声制止。

现在想想，童年的玩性是改不了的。那时没有摩天轮，就玩风车，那时的风车还真当了一次现代的摩天轮。说不定摩天轮的设计者就是受到了风车的启发！也难怪《柳堡的故事》中小英莲妹妹和哥哥会在风车边离别。风车的确别有一番风味。

你说农人谁不爱风车？我们现代人更爱风车那旋转不息默默提水的奉献精神。

现代社会更像风车。

江滩采苇叶

老婆是个心灵手巧的家庭主妇，干什么事都喜欢亲力亲为。端午前一个月，她就开始张罗着裹粽子的事。每年端午她都要裹不少粽子，这需要大批的苇叶。她从镇江电视台的介绍中看到焦山东边有大面积的江滩，于是，向我提出到江滩去采苇叶。江滩的芦苇到了仲夏季节，一望无垠。阵阵的江风吹起绿色的海洋似的苇滩，一波一波涌起碧绿色的波浪，发出阵阵沙沙声。对于她的呼吁，我没有响应，我也不敢响应。我自幼办事谨小慎微，冒险的事不敢干。我耐心地给她解释："江水很深，江风很大，到芦滩光坐船就不敢保证安全。再说，到了芦滩去采苇叶，那可是苦差事。"老婆做事很执着，我不主动她就发动她的关系，居然一个星期天的下午全安排妥当。对我只有一个要求，陪她去江滩，权当一次农家乐旅游。

我无话可说，跟着行动。我老婆挺智慧，从组织部门退下来的，很会量才用人。她有一个挺要好的同村人王克中，与江边上的渔民关系处得非常融洽。难怪我带着 92 岁的老岳母，以及老婆、小姨子来到江边时，码头上停着一大一小全是银灰色的汽艇。我感到很吃惊：“渔民用上汽艇啦？”他同乡哈哈大笑：“就允许你们城里人坐小汽车，不允许渔民坐汽艇？”说归说，笑归笑，只见这位同乡一边拉着牵引大一点汽艇的绳子，一边招呼我们上汽艇。我岳母在她两位姑娘的搀扶下顺利地上了汽艇。我刚刚坐定，就听这位同村同乡招呼开汽艇的渔民，听到耳朵里，我感到很纳闷。

“鬼子！这可是我城里的亲戚，你把汽艇开稳些！”说着，只见王克中顺手把拴绳扔给那位开汽艇的“鬼子”，并从口袋里掏出一包烟扔给那“鬼子”，然后往另一艘小些的汽艇上跨过去，手一挥，也扔了一包香烟，然后往远处茫茫的江面一指：“汉奸，开船吧，我们小船在前面带路。”

正是午后，初夏的太阳挂在头顶上，刺眼的阳光照在白茫茫一片的江面上。江风一阵一阵的呼呼叫着，全淹没在汽艇在前进中与波浪撞击发出的有节奏的响声中。汽艇的两边隐隐地看到江岸线。再细细地看，头就有些发晕，眼光中只有阳光和江浪，根本分不清东南西北。

艇在波浪中忽上忽下，不停地颠簸，像一只飞鱼，随着马达的轰鸣声快速向前。有时那诨号叫“鬼子”的渔民驾驶员有意把汽艇开得飞快，汽艇像腾空似的，而“鬼子”却得意地笑着，边笑边提醒大家注意安全。汽艇在涌动的波浪里飞速往前，我这心里像牵了根绳子似的提着。但看着 92 岁高龄的老岳母有说有笑，不停地东张西望，我的心慢慢地平静下来。

前面不远处有一个低洼处，水面与岸滩几乎处于平行位置。涌动的波浪一波波冲上苇滩。裸露的纵横交叉的苇根已经被涌浪冲洗得发白。我清清楚楚地可以看到从水边到滩上有一条踩得泥泞满是倒地的芦苇的小路，那小道通向苇滩的深处。看来这就是临时的码头了。“鬼子”与“汉奸”非常熟练地将汽艇停靠在芦苇滩上。汽艇的拴绳牢牢地拴在压弯了的芦秆上。我们在“鬼子”和“汉奸”的搀扶下，踏着压满芦秆的泥泞小路，往芦苇丛中走。我的老岳母一点也不示弱，上岸后，一手把挡路的芦苇往路边摁，步子跨得还挺大。

我跨上岸后，跟在王克中的后面，好奇地问他，这两个渔民怎么叫这么难听的诨名。王克中咯咯咯地笑个不停，然后声音明显的低了八度给我解释。原来这两个人在打鱼方面非常熟练，十分泼辣，网捕、电击什么手段都敢用，在这一带近乎野蛮，而且很有名气。大家玩熟了，就说他们俩像日本鬼子。有大汽艇的叫“鬼子”，小汽艇低个等级，只能叫诨名“汉奸”了。我恍然大悟，忍不住掉头看了看正在汽艇上吸烟的“鬼子”和“汉奸”，跟上采苇叶的“小型游击队”。

我望着这大海洋似的苇丛，仔细地观察苇秆晃动的苇叶。王克中带着我们采粽叶的“游击队”在前面停下来，接着就听到噼噼啪啪的清脆的苇秆折断的声音。我循声望过去，她们正不停地把苇秆往低处压，每个人都重复着同样的动作，一手压住苇秆，一手在苇秆上从上往下打采苇叶。欢声笑语与苇秆折断以及打采苇叶发出的响声交织在一起，不时会惊飞一群叫不出名字的栖息在苇丛中的野鸟。这里的一切都是那么的新奇，芦苇长得那么茂密，每根芦苇秆都长得差不多两人高，苇秆从下到上全是一片一片随风摇曳的苇叶。苇叶连着苇秆，苇叶连在苇秆处的叶子最宽，然后慢慢有比例地缩小宽度，最后苇叶成了棉线一样细。苇叶绿得发亮，在苇海中透进来的光线的照耀下，给人一种绿得要滴水的感觉，充满了生机和活力。

一个小时过去了，又过去半小时，我和王克中一商量，强行通知大家撤退。大家拎着大包小包从苇丛中走出来，每个人脸上都是汗水，但每个人脸上都溢满了笑容。

我和家庭采苇游击队拎着刚采的鲜粽叶，带着满眼的江滩美丽的风光高高兴兴地回到家。

晚上，吃着亲自采的苇叶包的粽子，我们都特别兴奋，因为这粽子特别清香。看来，吃得苦才能吃得香啊！

香醋的记忆

到镇江听到醋的介绍后，第一印象是香醋很有名。镇江有“三怪”的传说，这个传说古老而富有魅力。《三怪谣》中这样说：“香醋摆不坏、肴肉不当菜、面锅里面煮锅盖。”香醋摆不坏放在“三怪”之首，可见香醋的名气有多大。我问有文化的同事恒顺醋厂有名的创始人是谁，很多人竟然答不上来。看来镇江香醋的名气已经把主人的名气淹没了。这也不奇怪，恒顺醋厂毕竟有百年以上的历史了，谁还记得年代久远的事。但香醋天天吃，那味道留在味觉的记忆中一定很深刻。难怪镇江人说到镇江，总离不开恒顺香醋。

说心里话，我平时不爱吃醋。但到镇江后，经不住同事们的宣传，忍不住到门口小店购了一瓶金梅牌香醋。那是类似于洋河酒瓶的包装，上面的商标印制得很精致，一朵淡黄色的梅花，开放在醋瓶招牌的左上方。

那天中午，天气特别的闷热。太阳火球似的挂在空中，强烈的光线照在大院的水泥路面操场上，水泥路面上似乎散发着炙人的热气。我拎着一瓶香醋，走过大操场，脚下有股热气往上蹿。花圃里、大树上藏着不少知了，叫声一声紧似一声。我穿过操场，拐进小巷时，已经是满头大汗了。我抬起拿着香醋瓶的右手，举起来朝额头擦去，刚擦了两把汗，大概手上有汗水，醋瓶又重，一不小心，醋瓶子掉到了地上，“咣当”一声，摔得粉碎，满水泥地都是黑里透红的醋，发出微微的嗤嗤声。看来是水泥地上的温度太高了，不到几分钟，水泥地上流动的醋汁就干了，留下了一摊醋渍印痕，也留下了一堆碎玻璃碴，更留下了满操场的醋香。我虽然心疼，但还是忍不住连嗅了几下，顿时感到心肺出奇的舒适，身上好像也凉快了许多，口中竟然渗出了口水。香醋的气味真是独特，难怪镇江人把香醋放在“三怪”之首。我目光朝四周扫了一眼，已是下班不久的时间，这么炙人的太阳，谁还会在操场上逗留。没人看见，我灵机一动，再去买一瓶。毕竟爱人让中午下班带醋，我总不能空手回家。好在那时小店就有金梅香醋。于是，我又买了一瓶，没事儿似的回到家。

我刚进家门，还未将门关上，爱人正在厨房做饭，听到门响，就走过来了。她接过我手中的醋，还未开口就用鼻子在我身上嗅嗅，接着又把刚买回来的香醋瓶举到鼻尖上使劲地闻闻，有些激动地说：“乖乖！这镇江恒顺香醋真是名不虚传，还未开瓶就满屋醋香。”

只有我心里清楚，那是在操场上醋瓶打碎后溅到身上的香醋味。当然，这香醋味也特别的浓醇，溅到身上久久地飘散不去。我不能告诉她刚才操场上“见不得人”的一幕，只好打断她的话说：“香醋不香还叫什么香醋！今天早上就让我去买香醋，有什么好吃的吗？总不能喝醋吧！再香的醋也是调料。”爱人说话明显带有悬念：“今天让你两怪一齐吃！”

我一听顿时兴奋起来。我知道还有“一怪”是“肴肉不当菜”。肴肉蘸醋，这不是两怪吗？有肉吃就行。就在我放下手里的公文包时，爱人把刚买来的香醋递到我手里，给我布置了开醋瓶的工作。

我接过醋瓶，小心翼翼地撕开瓶盖的封装胶纸，几下逆时针方向一旋，盖子刚一打开，一股浓烈的醋香就飘逸出来，直往鼻孔里钻。我赶紧拿来一只小碟，往里面倒了半小碟醋，然后端到餐桌上。这一会儿工夫，厨房里已经是香醋飘香了。我仔细观察，这恒顺香醋真的不一般，其色纯黑而透明，其质澄清而醇厚，其味香酸而不涩。这“色、香、酸、醇、浓”的五大特点全体现在这小碟中。刚刚蘸上香醋的肴肉在口中留下浓浓的回味。醋的香气伴随着我的镇江生活留下了一串记忆。

送亲朋好友用香醋是再得体不过了。因为香醋毕竟在镇江是“三怪”之一，是镇江的土特产。

讲到醋的历史，有记载的文字估计至少有2600多年。说醋的历史十分悠久，一点也不为过。古籍《礼记·檀弓》中记载：“宋襄公葬其夫人，醯醢百瓮。”醢是肉酱，醯就是醋。镇江香醋出名。这种香醋“酸而不涩，香而微甜，色浓而味鲜”，因而驰名中外。

醋的历史、醋的文化让人对醋产生浓厚兴趣。镇江的香醋随着改革开放的不断深入，小醋做出了大文章。当年李友芳就是凭着“忠诚吃苦”的厂训、“和人开拓”的理念、“求真务实”的企业文化，打造出了镇江的“三怪”之一恒顺香醋。现代恒顺人勇于改革、勇于创新，已经发展到一个新的台阶。恒顺酱醋厂已经整体挂牌上市，各种各样以醋为基因的醋产品陆续开发出来，香醋更是被当作一种保健品开发，赢得了国内外大市场。于是，就有了酸胶囊、苹果醋、蜂蜜醋、姜葱醋等近百个醋保健新产品。这些产品有醋成分都摆不坏，镇江一怪香醋摆不坏名声就更大了。

镇江醋文化源远流长。900多年前，大文豪苏东坡便是镇江醋文化的“代言人”。苏东坡11次来镇江，留下著名的有醋味的名诗：“芽姜紫醋炙银鱼，雪碗擎来二尺余。尚有桃花春气在，此中风味胜莼鲈。”后人对醋还延伸出一个独特的文化现象。不知什么时候什么原因，人们把男女之间看不惯称为吃醋。当然还有一层意思，人们羡慕或嫉妒好东西时，也习惯用吃醋来比喻或形容。这镇江香醋还造就了镇江市的一句著名广告语：“镇江，一座美得让人吃醋的城市。

我喜欢恒顺香醋，更喜欢镇江。

华山泥叫叫

早春二月，我跟着老部下的汽车沿着乡间不太宽阔的公路从姚桥镇上开出来，拐了两个小弯，一路向西直往华山村开过去。他领我去看华山泥叫叫。路边的水杉长势很旺，河沿边茂密的经过冬天风雪洗礼过的芦苇丛一簇一簇的，芦花在河风的吹拂下飘飘洒洒，像下小雪似的。阳光从云层中透出来，照在落尽叶片的杉木行道树上，给人一种有点凄凉的感觉。汽车在有些凹凸不平的泥石路上颠簸前行。我透过玻璃窗，看到的是刚刚有些生机的麦苗和油菜，看到的是不少喜鹊在杉树枝上蹦来蹦去，留下一片叽叽喳喳的叫声。这天籁之音从微开着的汽车玻璃窗缝隙中传进耳朵里，也不失为一种在城里难得听到的音乐声。两边的麦田、菜田一晃一晃地从窗玻璃掠过去。没有高大的烟囱，没有整齐的厂房，更没有拉货的卡车让我们超越。我终于明白这位老部下为什么打起了太平泥叫叫的主意：他这是靠山吃山，靠水吃水，靠着千年传统工艺泥叫叫发点土财。

汽车一路迎着早春灿烂的阳光西行。窗玻璃微开着，我尽情地享受着这难得的鸟儿交响乐。突然，鸟叫声中传来路边穿着土气的农民叫卖泥叫叫的喊声。前面的车子未停，我们也只能跟着往前开。走了不到50米，车子往坡上开了一段路，然后在一条显得十分古老、铺着青石板的古街边停下来。往前看，街不宽，但路边倒像赶庙会似的热闹。我们下了车，随着老部下在泥叫叫动听的叫声中往前走。听老部下介绍才知道，今天算是赶巧了，赶上了华山村的庙会，只是最热闹的庙会高潮在上午。现在已经是太阳西斜，逛庙会的人陆续散去，但当地人卖泥叫叫的劲头仍然不减。我举目望去，庙会上卖泥叫叫的摊子还不少，泥叫叫的档次也不一样。一般的摊子在青石板上铺一块塑料雨布，有的就用剪开的化肥袋铺在沿街的地面上，上面一排一排地摆着色彩艳丽、惟妙惟肖的太平泥叫叫。这泥叫叫不看不知道，一看还真吓一跳，名堂真多呢。光造型就让你看得眼发花。各种各样的动物造型，有麻雀、喜鹊、鸽子、鸭子、老虎、猫、羊、马、牛等，个个造型别致，栩栩如生，加上涂上了各种鲜艳的色彩，让顾客不掏钱的话回家想起来都会后悔。我就是那个当时没掏钱回来后悔的人。如果买回去几个五颜六色的泥叫叫，我那孙女一定很喜欢。再往前走，我看到一张长桌子上摆着包装精致的泥叫叫套装盒。老部下走过去，让店家打开一盒给我看，并有些自豪地说："这是我来到姚桥后指导开发的泥叫叫组盒，很好卖，也卖出了好价钱。"

看到这么多的泥叫叫，我站在店门前仔细端详。店主拿出一只羊形泥叫叫，竟然发出了悦耳动听的鸟鸣声。我望着街上熙熙攘攘的人群，望着一路笑逐颜开的村姑，望着那些在人群中顽皮活泼的孩子们，听着远近传来的泥叫叫声，感到华山村真是名不虚传，这华山太平泥叫叫大有文章可做。我对老部下大力开发泥叫叫的计划连连点头表示支持。

见我对泥叫叫感兴趣，老部下也有些激动，滔滔不绝地介绍泥叫叫的传说、泥叫叫的技艺以及华山村卖泥叫叫的天然优势。这一介绍还真让我开了眼界。

泥叫叫虽然是土做的，但出身还挺高贵。俗话说，三百六十行，行行各不同，行行都有祖师爷。范蠡就是华山太平泥叫叫的祖师爷。相传华山泥叫叫起源于南朝，而范蠡是春秋时期人。这春秋时期的人与南朝的物品扯上关系，一般人听起来有些奇怪，甚至不可思议，其实说的是太平泥叫叫的烧制过程与范蠡制陶的绝技有着异曲同工之妙。这范蠡当仁不让就是太平泥叫叫的祖师爷。

华山泥叫叫在华山一带叫得响，也有市场，这是我那老部下雄心勃勃发展泥叫叫产业的基础。这华山村虽然不大，但名气很大。这里每年搞庙会规模都很大，而且一年有五次之多。我们家乡的村庄也有搞庙会的习惯，但每年只搞一次。庙会从某种程度上说也是文艺搭台，经济唱戏。华山这里的庙会正月十五称为开门节庙会，十月十五称为关门节庙会。华山庙会名气特大，四乡八镇成千上万人都会来赶庙会。这为华山卖泥叫叫提供了一个大的交易平台。刚才在庙会上看到那些捏成鸟儿、鱼儿、狮虎动物模样的泥叫叫，个个色彩艳丽、憨态可掬。摊位上的泥叫叫一排排、一堆堆，让你百看不厌。动听的泥叫叫的鸣叫声让人心痒。凡是赶集的远乡远镇的人，总要买几只带给孩子玩，或赠亲友。不光好玩，而且还能讨个好彩头。因为华山泥叫叫前头还有“太平”二字。

说到太平泥叫叫为什么有“太平”的功能，这也是有科学根据的，不光是讨彩头。华山人自有他们的说法。小孩子经常吹泥叫叫可以增加肺活量，气息长久地呼出，无形中就锻炼了身体。

华山村制作泥叫叫很出名，可以说全民动手，人人都会捏几只。在众多的泥叫叫制作高手中，有一个 80 多岁的李国英老太太最负盛名。李国英 15 岁嫁到华山村，至今已经做了 70 多年的泥叫叫了。说她的技艺炉火纯青一点儿不夸张。华山龙脊街是祖传手艺，一直是只传儿子、传媳妇，但不传女儿。这也是方圆几百里只有华山村这个地方生产制作泥叫叫的原因。因为技艺保密，连女儿都不传授，所以这泥叫叫的技艺扩散不出去，外乡人难得真传，除了华山村，还没有卖泥叫叫的。按照李国英老太太的经验，泥叫叫生产关键工艺有三个环节：一是吹气洞眼必须用女人头上的簪子来刺，洞眼大小、方位角度全凭经验；二是烧烤要用豆秸做燃料，全靠掌握火候功夫，才能烧不裂并烧出好成色；三是表层绘彩，那是凭审美情趣的水准来绘制，这就是艺术创作，是泥叫叫的关键工艺。

泥叫叫虽小，学问却很大。这再次证明，群众的创造力是无限的。

荒坡上站岗

在部队当士兵，有一项常规任务——站岗。

我当兵的第一年仲夏，全团都野营拉练到了安徽的广德山区。我们榴弹炮二连的驻地在一个不太高的山坡下。那是一个美丽的小山村，名字也叫得很形象：门口塘。这个村位于群山环抱的低洼处。村的南边有一个五六亩的大水塘，村子因塘而得名。站在村口的一个小山头往四处看，山峰一个接着一个；近处的山郁郁葱葱，远处的山像披上了一层薄纱，隐隐约约地融合在蓝色的天空中。我们二排三个班驻门口塘村，在高坡停炮的地方安排了一个岗哨，两小时一班。

那天，第一班已经上去了。我是第四班，大概是夜里10点去换岗。想到晚上站岗，心里总是不太踏实。

天黑下来不久，我要值夜岗提前睡了。我睡得正香甜时，班长轻轻地拍拍我的被子。我麻利地起床，抄起手电筒，拿上步枪走出门去。我背着步枪，踏上往山坡炮场的小路。走了不到五分钟，心里就有些发怵。那晚的月亮是个半月，月色不太明亮，但满天的星星眨巴着眼睛盯着这静静的山坡。小路上有些碎石，晚上看不见，有时不注意便踩到小石块上，会往前一滑。虽然带着手电筒，但一般是不允许站岗打手电筒的。我这是第一次夜里走山路，心里一紧张就胡思乱想，这地上会不会有蛇呢？我小时候就怕蛇。这山草浓密，里面藏条蛇根本看不见。营里野营训练通报过这山里峰峦重叠，林草深深，常有狼出没。想到这里，我赶紧停下来把步枪上了刺刀，我这是自己给自己壮胆。但我是军人，有再多的想法也只能往前走。好在一路还算顺利，连个山鼠、小兔也没有碰到就来到炮场。

站岗的战士与我简单的交接后，就背着步枪大步往山下走去。步枪上的刺刀在昏暗的月光下闪着寒光。我心里想，这家伙胆子也不大，也是上着刺刀在壮胆。

我背着上了刺刀的步枪，站在一排大炮的后面，目光紧紧盯着往东下山坡的可行进汽车的石路。我自己知道，这条山路一直通往门口塘村外不远处的公路。这边是站岗要观察的重点。

广德是多山地区，山多但不太高，山峰突兀，造型秀丽。这里白天能看到各种各样动物造型的山峰。月亮升上了中天，虽是半月，但昏暗的光影投放到寂静的山林中，各种形象的山峰隐约可见。夏天的山虫在草窝里吱吱吱地叫个不停。偶尔会从树丛中飞出一两只夜鸟，鸣叫一声后落到黑暗的树影中。夜风不太大，但山草在夜风的吹拂下还是不断地发出沙沙沙的响声。我是第一次在荒坡上站夜岗，警惕性特别高。只要有夜鸟鸣叫，我都紧握钢枪，竖起耳朵仔细听。

广德山区的蚊子是有名气的。山村流传着一句顺口溜：“三个蚊子一盘菜，三只老鼠一麻袋。”说的就是这里的蚊子特别大。虽然听着有点夸张，但至少比我们江苏的蚊子个头大一倍。蚊子一叮咬，虽然又痒又痛，但把瞌睡叮没了。我的目光四处瞭望。山野到处静静的一片。不知不觉山下传来雄鸡的叫声，一声比一声叫得响。东方的天空泛起了鱼肚白，渐渐地鱼肚白上泛起了红晕。天大亮了，东边的天空朝霞灿烂，许多鸟儿也醒了，满山的鸟鸣声奏出了一曲动听的晨曲。当圆盘似的火红的太阳出现在天际线上时，我听到班长带着一名战士大声喊口令“黄河”，我赶紧应了一声“长江”。黄河、长江是我们连当晚站哨岗设定的口令。班长连连向我解释，说一觉睡过了头，忘记叫哨了。我精神抖擞地报告：“班长同志，一切正常。”

班长握着我的手，激动地说：“让你吃苦了！赶快回去休息。”

我没有一丝埋怨，快速地与接岗的战士做了交接，然后背着上了刺刀的步枪，雄赳赳气昂昂地往山下走。后面传来班长的喊声：“把刺刀收起来，当心划破皮！”

我知道班长的意思，现在已经是明亮的天了，还上着刺刀壮什么胆。我赶紧收起刺刀，扭身朝炮场值哨点会心地笑了。

溪边小山村

山村风光好，我特别喜欢到苏州郊外的山里野营训练。

印象最深的一次是到苏州西部的华山脚下的一个小山村驻训。从西兵营出发，经过近一个半小时的颠簸，牵引车在群山中凹凸不平的公路上转来转去，终于到达一块相对平整的山坡地。

那块山坡地起码有 30 多亩，在山峰环绕的山沟沟里能找到这块相对平缓的场地应该不容易。坡地上长满了藤萝和荆条，山草几乎覆盖了所有的地面。一些油松在坡地的草丛中冒出来，长得绿油油的，虽然不高大挺拔，但远看上去像一个一个独立的小盆景，兀立在坡地上。坡地东边相对比较平坦，我们连队的牵引车及榴弹炮一溜停在那里。紧靠坡地停炮车的西边有一个三四亩大的池塘。那池塘很独特，像个葫芦，靠炮场的这头又大又圆，慢慢地往西缩小，然后又扩大，渐渐地往西流出来，直至流得看不见尽头。我仔细一看，流出来的溪水形成了一个满是鹅卵石的半干的河流，水深不到一尺。这溪水顺着山脚由西又往南缓缓地流淌，直到流进一个炊烟袅袅的小山村。我站在葫芦塘大头一看，原来葫芦塘的东头有几股清泉往池塘里哗哗哗地直灌。塘边是山石和杂树，塘水显得特别清亮。再顺着葫芦塘往西一看，那流淌的溪水经过的地方就像一条流水的公路。抬头一看，四周山峰环绕。溪水那头的山村只看到炊烟。班长一边检查大炮和牵引车，一边指挥全班搬行李，并用手往溪水流成的水公路尽头一指："我们的宿营地在那边的小山村。"

我们跟着班长背着挎包和背包，在山草丛中往山村走。无论抬头看，还是低头看，这里都是风景如画。我只顾欣赏这山溪美景，甚至没来得及发出一句赞美的话。我心里暗暗地想，这哪里是来野营训练，分明是来疗养。当然，那时当兵还没有旅游和疗养的概念。从溪边走过的时候，我的步子迈得特别慢，我不忍心匆匆从这美得让人心醉的溪水旁走过。这溪水流淌的地方，宽近 10 米，里面全是大大小小的鹅卵石。从这些圆圆滑滑的鹅卵石可以想象得出，这里到了雨季，群山中的雨水一定很湍急地往下流，估计这葫芦塘也是这里的山洪冲刷出来的。葫芦塘水满了，就会从葫芦塘的细口处流出来。水流湍急，这条溪水河就慢慢地形成了。初秋时节，漫山遍野的野果树上果实已经成熟。山坡上最多的还是野板栗，毛茸茸的板栗挂满了枝头。满山都被绿色覆盖。我们在潺潺的流水声中走进小山村。

小山村没有村名，也就三四十户人家，分布在溪水流过的山脚山坡边上。山村的房子砌得很简陋，但基础打得牢，全是石头砌成的墙。房子正房三间四间都有，两边是厢房，厢房不是做厨房就是放杂物。当地的老百姓不但个个肤色白皙，而且身体都很匀称。男的没有什么大胖子，个个精神抖擞，看上去浑身有使不完的劲。听班长说，他是山里人，山里人吃野味比较多，比如野雉、白鹇、山兔、野猪。到了冬季，鲜的吃不完，还会腌制起来，一年四季都能吃到可口的野味。野味营养价值高，就是大补，要不过去怎么会有山珍野味这种说法呢。班长的一席话，引起了我对山村的男人女人的关注。我认真一看，山里的男人腰圆臂壮，虽然没有正规的穿戴，但看上去就是有力量的模样。山里的女人长得水灵灵的。这是喝这溪水的缘故，我这样想当然。我住的这户人家有两个上初中的姐妹，个个出落得桃花似的。村里没有街道，溪水边靠山脚的地方就是一条三四里长的山石路。家家门前就是这条路，路沿着溪水方向一直通往山外的大路。

连续一周的野训，虽然爬山、长跑、挖驻锄坑这些活儿都是用大力气的，但大家劲头儿都很足。说心里话，这次来到这溪边的山村，不但饱了眼福，还饱了口福。我们这些平原地区来的新兵还增长了很多山里的知识，写封信回去，让家里的亲朋好友羡慕不已。我在信中写道：山里树的品种很多，有杉、松柏，有冬青、石楠、枫栗子，还有槐檀、修篁、绿竹。花果除了梅、桃、杏、桐外，还有老桂、杜鹃、野茶、天竺、草兰、芷门冬、海棠、薜荔等。山里的野兽经常出没，獐子、野猫、野兔在林中窜来窜去。一个人按规定不能单独上山，山上有凶猛的野猪，它对人有攻击性。当时还有狼，但这是山村里的猎户说的，我们在山村驻训近一个月，也没有发现或听说哪里有狼。我把山里鸟儿的叫声比成一首不错的交响乐，演唱者有画眉、白头乌、燕子、鹰隼、黄鹂、鹳鹊、翠羽，等等，叫声十分清脆，都是嗓门清脆的演员。山村的早晨，雾霭蒙蒙，曙光还未露出，林中的交响曲就把我们叫醒了。躺在被窝里听鸟儿交响曲也是一种享受。

这是耳福！

还有口福。这最实在。其实当晚就享了一次口福。那是山里的干竹笋烧鲜野猪肉。这是连长、指导员下的命令，从村里打猎的村民家收购来的。连长、指导员也打起了自己的人情算盘。这一个连驻扎在小小的山村里，给村民添了不少麻烦。因此，多买些山货，一是改善了连队伙食，二是给村民们一个创收的机会，真是一举两得！那山干笋真鲜，配上山里的野猪肉，香气扑鼻，还没开饭，全村都闻到了香味。这顿晚饭我最大的体会是特别香、特别鲜，山笋干和野猪肉特别有咬嚼！还有黄芽菜、辣椒丝炒溪水虾，那鲜味至今回味无穷。这溪边的山村让我真是口福不浅。

一个月的山村野营训练过得真快，眼福、耳福、口福这“三福”使我们从心里不愿离开。其实，最不愿意离开的是这溪边山村的村民。短短的一个月，他们为了使我们享到“三福”，作出了最大的努力，我们和他们也建立了深厚的感情。连队与村民们相约，只要他们去城里，一定要去找我们，我们要带他们逛逛城里的另一番景致。

时令已是深秋，天气明显凉了，溪水还是那么湍急地流淌着。村干部指挥着我们的牵引炮车有意从溪水中驶过。清澈的溪水洗净了炮车车轮上的泥土。我们在炮车上深情地望着溪边山村，望着漫山遍野的枫树和那红彤彤的叶海，泪水在眼眶里直打转。

门口塘往事

门口塘是皖南山区广德县的一个山边小镇，我们炮兵部队每年都要在此驻训，因而这里给我留下了深刻的印象。这是一个美丽的山区小镇。一条从广德县城往西南方向的土石公路经过镇粮管所，转个弯朝西北蜿蜒而去。公路上虽然跑的汽车不多，但一辆载重卡车驶过去，都会卷起烟雾似的尘土飞扬起来，好久才慢慢散去。镇的东头是一小片松林，长得绿油油的。松林边是一个大水塘，塘里的水清得发绿，水面跟镜面似的。绿油油的山林油画似的映在水面上。

我先后四次随部队来过门口塘驻训，每次我的角色不一样，但都留下了一些值得回味的往事，当然都是生活中的趣事或憾事。

第一次到门口塘驻训，我作为榴弹炮的装填手，每天练习挖助坑，练习装填炮弹、药桶。连队驻中村，我们班住在依山的一户村民家。这是一座两层的典型的皖南山村民居，估计过去也是村里有钱人家的住宅，但已经十分破旧了。一层开间很大，有四个房间，有一个房间全堆放着柴草，我们整理了一下，就成了我们班的集体宿舍。东头有一个破旧的木楼梯，可以上二楼。二楼全开间，很宽敞，屋里全是堆放的农具，四面的窗户早已不全，估计通风有余，避雨不足，因为朝屋顶看，有许多地方漏光。但住户的主人说漏光不漏雨。装填炮弹、药桶是个单调的训练，一天下来，大家都很烦，开玩笑吹牛皮便成了我们业余时间的保留项目。要知道，那时可没有电视、没有手机、没有电脑，更没有那么多随时可以翻看的微信！

第二次到门口塘驻训，我已经是连队的军械员兼文书，时间宽裕些，行动也自由些。我业余时间还会写小说，因此一有空我就到山沟里转转。记得中村附近有一座废弃的陶瓷小窑，我和通信员小孙星期天上午相约去玩。山里的小道长满了厚厚的山草，脚踩上去很松软。突然小孙一阵惊叫。我朝他的脚下一看，他踩着一条两三尺长的大花蛇，蛇头昂起好高，吐着红红的蛇信子。我赶紧叫他松开脚，蛇呼地钻进道边山坡的草林中。我抬头朝山坡看去，吓出一身冷汗。山坡上生长着一些碗口粗的板栗、油松，还有不少叫不出名字的低矮的灌木。那树与树之间的空地上悠闲地躺着好几条两米左右的大花蛇。早晨的阳光透过树丛照射在山坡的草地上，所有看到的蛇都懒洋洋的。我和小孙立即停止前行，正准备往回走，来了一位当地的小青年，15岁左右。他手里捧着一叠稿纸，竟然喊着我的名字。他走到我面前，把稿纸递到我手里。我一看原来是小说稿。

我正纳闷，那小青年自我介绍说，他是连部房主的儿子。指导员看他也写小说，就推荐他找我，于是他就找来了。他已经看到我们当时的惊慌，指着山坡上晒太阳的大花蛇说："这些蛇很温顺，不咬人的。我这小说中就写到这些蛇与人共处的故事。"

"我一定拜读。"我捧着他递过来的小说稿，目光盯着山坡上的大花蛇。几十年过去了，有时我还在想，这小青年说不定现在是安徽的某位大作家了。但愿如此。

第三次到门口塘驻训，我已经是榴炮二连的排长了。记得一个星期天的下午，连长通知我带两个班到广德城里出公差，反正有军民共建的意思。我带着两个班，乘坐一辆嘎嘶敞篷汽车，从门口塘镇出发，沿着通往广德的土石公路以较快的速度行进。战士们双手拉着车厢板，汽车所过之处，后面扬起厚厚的尘土。这时，我们的汽车速度慢下来。我仔细往前面一看，原来我们车前面有一辆大卡车，速度不快，我们的汽车与它的距离越来越小，我们的汽车慢慢地被前车扬起的厚厚的尘土所覆盖。我催促驾驶员使劲鸣喇叭，尽快地超过去。但前车好像没听见似的，仍然不往旁边靠。那广德的土石路也就两辆卡车宽，硬超是超不过去的。我命令驾驶员使劲急促地鸣喇叭，但对方仍然没有反应。前车扬起的尘土已经让车厢里的战士呛得很难受。车厢里的战士不停地拍打车厢板。

我很恼火。命令驾驶员把前车逼近路边，直到逼停下来。我迅速地跳出驾驶室，气冲冲地走到前车的驾驶室旁边，顺手拉开前车的车门，厉声责问："你没听见喇叭？"

前车驾驶员吓晕了，结结巴巴说不出话。我高着嗓门问："哪个单位的？"

"县粮食局的。"那位驾驶员说话的语音明显颤抖。

"驾驶证！"我厉声说。

前车驾驶员拿出驾照，递到我手上。我翻开一看，确实是粮食局的。但我气还未消，就把驾照往口袋里一塞，心想，到时到粮食局告他一状。于是，手一挥，我们的汽车扬长而去。

谁知野外训练任务繁重，我竟把驾照的事给忘了。为这事我还写了书面检讨。事情虽过去了几十年，但我仍为我当时的粗莽行为感到内疚。看来有点儿权力也不能任性啊。

有权力真的不能任性。

门口塘的山、门口塘的水、门口塘的松林、门口塘的土路都给我留了美好的印象。然而，留在记忆中印象最深的那花蛇、那小说稿、那驾驶执照，让我回忆，让我反思，让我感慨，让我走在生活的道路上越来越理性。

驻训明月湾

2014年的初秋，苏州老战友邀请我参加战友聚会。聚会结束后，我一个人来到当年野营训练的明月湾。

记得那是炎炎似火的七月。部队野营拉练来到苏州西南边的东山岛。我们连队又继续西行，并乘船到了一个叫西山岛的地方。西山岛不大，但四面环水，除了往东看远处是朦朦胧胧的起伏的群山，往北、向南、朝西看，都是一片汪洋，一望无垠的太湖水在阳光下泛出耀眼的光芒。湖面上各种帆船劈波前行。村子的西边太湖水凹进村里，像弯月似的镶嵌在村边上。村子的名字看来跟湖水绕村的形状有关。明月湾湖底成坡形。从村岸边下水，水只有膝盖那么高，越往离岸远的地方去，水就越深。这里成了我们连队的游泳训练场。

明月湾驻训时间只有一周，却给我留下了深刻的印象。明月湾古村住有100多户人家，有400多人。村民很纯朴，纯朴得就像抱村流淌的太湖水一样亮晶。刚进村，第一眼看到的是村口的一棵大樟树。大樟树长得十分茂盛，树冠展开足有半亩地，树干粗得几个人都合抱不过来。

树干上留着岁月的伤痕。这棵大樟树已有千年历史，是古村的标志。

村里除了不少宗祠、古宅比较宽敞，一般村民的住房还是比较简陋的。不是三架梁、五架梁，就是大平房、大院子。院子里、房前屋后都生长着果树，枇杷、蜜橘特别多。我们去时，枇杷已过收获季节，但满树的蜜橘压弯了枝头。我们班被分到村中的一条小河边的祠堂，祠堂门口不远处有一座古老的石拱桥。穿村而过的小河水从桥下静静地流过。

这座桥就是明月桥，始建于春秋末期。明代为防御倭寇，还在桥的不远处建了寨门。一弯明月桥和巍巍的寨门成了村里的一道风景线。“文革”刚结束时，现代气息的春风还未吹来，这古桥古寨古祠古宅在村里就别有风味……

几十年过去了，现代的气息已经把这些古迹全淹没在其中。我只能凭着过去的印记在这旅游设施十分完备的西山岛寻找那几十年前最感兴趣的古证。古樟树还屹立在村口，穿村而过的小河两岸已经石块驳岸，岸边全是风景树。岸边的石护栏上爬满了开着粉红、大紫、淡黄、大红色的爬藤月季。有些长长的藤枝越过石护栏，往水面探头。那各色花朵和那绿茵茵的茂密的枝条倒映在平静的湖面上。我们住过的祠堂找到了，那里早已开发成一个景点，门口的香火小摊不停地叫卖着香烛。我又一次从明月桥上踏过。走上拱桥时，特意停留在桥上，四处张望。小河两岸一派繁忙，商业气氛十分浓烈，就像赶庙会似的，难寻过去那种静静的田园景象。登上寨门，倒有一种当年古村人民抗击倭寇胜利者的自豪感。

明月湾古村虽然发生了翻天覆地的变化，但沿着游览路线，一路上的东山特产倒引起了我的极大关注。特产还是那个特产，最有名的三大食品：白枇杷、蜜橘和碧螺春茶叶。首先映入眼帘的是白枇杷。我感到有些纳闷，时令已到初秋，白枇杷采摘季节早已过去。这季节还有白枇杷真是不可想象，但眼前的白枇杷实实在在地摆在货架上，用竹篾编出的小篓子装着，直径估计有半尺，也是用篾子编成的提篮，仍是当年的包装。这东山、西山的白枇杷，吃起来味道独特，甜中有鲜，鲜中留香，吃了一个还想吃一个。我忍不住问售货员：“这季节怎么会有白枇杷？”

那售货员笑得甜甜的：“夏天摘下来放冰库！凡来东西山游玩的，谁不买一篮尝尝鲜。”

东西山还有一种土特产冰糖蜜橘也很有名。我们连在明月湾驻训时，村里房前屋后，尤其是湖边那一大片空地，几乎都生长着冰糖蜜橘树。累累的蜜橘还是青的，蜜橘林里就透出一种甜甜酸酸的香气。西山也好，东山也好，水土差不多，长出来的蜜橘一个个色相艳丽、甜酸适度，令人闻则思念、望则垂涎、食则甘美。东西山的蜜橘有它们的独特之处，因果色金黄、皮薄肉嫩、食不存渣、风味浓甜、芳香扑鼻而闻名省内外。这也是驻训明月湾古村听到而未尝到的又一特产。

这明月湾的另一个特产是碧螺春茶叶，我不但尝到了，而且当时还从老百姓家买了一斤碧螺春带回营房。这碧螺春让我喝上了瘾，直到现在我仍然喜欢喝绿茶，而且喜欢喝碧螺春。但随着时间的推移，太湖洞庭山一带盛产的碧螺春名气越来越响，价格也高得越来越离谱，自己掏钱买没有这个经济实力，只能以相似绿茶替之。碧螺春茶条索紧结，卷曲如螺，白毫毕露，银绿隐翠，叶芽幼嫩，冲泡后茶叶徐徐舒展，上下翻飞。茶水银澄碧绿，清香袭人，口味凉甜，鲜爽生津。只要你品过碧螺春，你就会为它嫩绿隐翠、叶底柔匀、清香幽雅的绝妙韵味所倾倒。

带着驻训明月湾的记忆重游明月湾古村风景区，感慨万千。三十年过去，弹指一挥间，古村发生了巨大变化。

这只是祖国改革开放变化的一个缩影。我们没有理由不追忆，不珍惜。

第四辑　美味余香

酱油豆儿记忆

俗话说："多腌咸菜少腌瓜，酱油豆儿发人家。"酱油豆儿既鲜又咸，一碗酱油豆儿就是困难时期农村一家人一天的小菜。一些特别勤俭的人还会把酱油豆儿咬成两半吃。苏北农村上了年纪的人没有没吃过酱油豆儿的。

酱油豆儿是我们儿时在家乡常食用的一种具有独特风味的食品，既可以当小菜，也可以当调味品。酱油豆儿是里下河地区的土语，学名应叫豆豉。有人说酱油豆儿就是豆瓣酱，我不同意这种说法。酱油豆儿严格地讲是一个黄豆的整体，分成两半那叫黄豆瓣，做成酱那才叫黄豆瓣酱。街上卖的瓶装方便的豆瓣酱，即开即食。而这种豆瓣酱往往是蚕豆做的，只能称为酱系列食品，不能叫酱油豆儿。把它们混淆在一起的，都不是我们里下河人。我记得当兵时，从家乡用铝制饭盒带回来一盒酱油豆儿。母亲用麻油加小葱炖酱油豆儿，酱油豆儿黑乎乎的，但香气扑鼻。在食堂就餐时，我请大家分享。大家不知何物，看我夹起一粒粒饱满的酱油豆儿就着雪白的大米饭，越嚼越香，越嚼越有滋味，也都把筷子伸过来，一个个香喷喷地一顿猛吃，一边道谢一边问：“这是什么东西，这么鲜美？”

我轻描淡写地说：“黄豆泡的！”

“噢！我知道，就是瓶装豆瓣酱！”这位战友是东北人。北方因为气候原因，没有这种东西，阳光少也不便制作。他只吃过瓶装豆瓣酱，所以他一口咬定是豆瓣酱。

我连连否定，并用筷子夹起一粒用手指着解释说：“这是黄豆粒，讲究的都是一粒一粒的，不是糊糊的一团。你说的那是酱，蚕豆瓣做的就是豆瓣酱。”这位战友若有所悟，连连点头。

20世纪60年代初期，我的母亲就是做酱油豆儿的好手。她做出的酱油豆儿远近闻名，倒不是她有什么高明之处，而是她占尽了天时、地利、人和。我父母在农村开家小豆腐作坊，不用下地劳动。说天时，酱油豆儿要晒，她常年在家，什么时候出太阳，什么时候把蒸熟的黄豆放在竹匾里端出去晒，风刮不到，雨淋不着，因为母亲有时间照看。说地利，就更得天独厚了。家中做豆腐，黄豆一大堆，任母亲一粒粒地挑，一颗颗地选。所以，我家的酱油豆儿颗粒大而饱满、厚实。说人和，更有意思了。到我家买豆腐的，跟我母亲一般都很熟，看到我家晒的酱油豆儿，总是相互交流经验，用汰浆隔纱布防蛆虫的办法就是邻居建议的。

我的母亲制作酱油豆儿的过程，我至今还记得很清楚。她先是精心挑选黄豆或黑豆。母亲挑选的豆子颗颗圆滚滚的，十分饱满。然后，她把挑出来的黄豆浸泡在缸里，让它们慢慢地膨胀变大。挑出来浸泡过的黄豆用烧浆的大锅煮熟，捞起来晾在竹匾之中。一般邻居家条件差，一次只做少量的豆子，放在一张筛子里晒。我母亲有两个专用的大匾子，直径有近一米，往往一次要做满满两匾子。黄豆煮熟放入竹匾后，母亲会用玉米粉均匀地撒沾在豆子上，然后用树叶捂盖其上，我母亲用的好像是荷叶。天凉时，她还会用被单或棉花胎捂盖，主要是保温保湿，这样豆粒容易发酵发霉。一般 7 ~ 10 天后，豆粒上就会长满一层厚厚的绿霉。我很好奇，经常会偷偷地揭开盖单或荷叶仔细地看。长满绿霉，就成功了一半。母亲会把竹匾拿到阳光下去晒，直到晒干。这时，母亲总会关照，没事帮着看看，防鸟儿来偷吃，更要防家猫乱窜，把匾子打翻弄脏酱油豆儿。晒干的酱油豆儿只是半成品，还要经过一个浸泡制作成酱油的过程。

母亲做什么事都是那么认真。浸泡的水一定要煮沸的凉开水，浸泡的时间一般不超过 10 天。浸泡好后加盐。过几天，就将酱缸移至户外，日晒雨露。她总是用纱布蒙住缸口，因此我家的酱油没有蝇蛆。

日晒雨露是个漫长的日子。用现在的海天酱油的广告词来说是晒、晒足 180 天。我的印象是晒足 120 天，记不清准确数了，但晒很长时间，这记得清楚。因为通过晒、露，豆、水、盐充分融合，豆粒渐渐胀开，水则渐渐稠厚，颜色也逐渐变红，这就可以食用了。在我的印象里，酱油豆儿一边供食用，一边还在院子里晒。有时候吃早饭没有咸菜，或有咸菜但吃腻了，我会到院子里偷一小匙酱油豆儿下粥，那鲜美的滋味至今还留在脑海里。

一次，回家乡时母亲竟然送了我两瓶酱菜瓶子装的酱油豆儿。我喜出望外，惊奇地问："现在还有这东西？"

母亲笑笑说："我今年又做了一次，蛮好吃的，就给你家孙女弄了两瓶。"

我知道，现在村里不舍这一口的老人，又渐渐地做起了酱油豆儿，我更知道母亲送我孙女两瓶酱油豆儿的良苦用心。我笑了笑说："放心，我回去一定把半粒酱油豆儿的故事讲给孙女听，让勤俭家风传下去。"

母亲满意地点了点头。

臭汤苋菜果

现在的年轻人，看到这篇文章的题目，肯定会有点儿摸不着头脑。苋菜是常食用的蔬菜，怎么会跟水果挂上钩呢？不会是苋菜上嫁接了什么水果，而取名苋菜果吧？更莫名其妙的是，水果跟臭汤搅和在一起，不知道是一道菜还是什么新名堂的水果。其实，臭汤苋菜果是水乡地区农村常见的一种农家咸菜。“果”是土音，实际就是苋菜梗或苋菜苔。臭汤，也就是腌咸菜的卤，因长时间的摆放发酵而带有一种臭味的老汤，生臭熟香。把苋菜果放在老汤里浸泡一二十天，慢慢地发臭。但由于汤是咸的，苋菜果不会腐烂，始终在汤中保持碧绿碧绿的本色。这时，把苋菜果捞进菜盆子中，浇生菜油或麻油，放锅里大火蒸一下，就会满屋飘香。

说到这道菜，在我妈的家乡还流传着一个故事。说的是一个农家媳妇很凶很丑，在家是一把扫帚说了算，看哪儿不顺眼，就用扫帚砸。丈夫也被她的扫帚砸怕了，什么事都顺着她。家中有一个婆婆，身体不太好，七老八十了，眼睛也不太好使，看什么都模模糊糊的，整天待在房子里，就靠儿子每天送上一两顿饭。

收麦子的季节，屋前的地里苋菜长老了，像一棵一棵的小树，而且枝丫很多。有的苋菜梗子有小竹竿粗，细的也有筷子粗细。媳妇灵机一动，这苋菜老了不能吃，但也不能扔掉浪费呀，叶子不能吃，梗子能不能吃呢？不管能不能吃，把梗子切成长段子，泡在咸菜卤里，过一段时间捞出来蒸蒸给婆婆当咸菜，这样能给家里省不少菜钱。媳妇心里有自己的小九九：婆婆虽然身体不太好，但胃口还不差，吃得也不少。把苋菜果腌出来给婆婆当菜，老苋菜发挥了作用，又为家里省了菜钱，天天有饭有菜，谁敢说媳妇不孝顺？

说干就干。媳妇腾出一只咸菜缸，把苋菜果往咸菜缸的卤里一倒，咸菜汤正好淹住苋菜果。

十几天过去了。天越来越热，家里始终弥漫着一股难闻的臭气。媳妇一看，也感到这么臭，这么多白泡沫，恐怕不能吃。但转念一想，忙乎了这么一阵子，总不能白忙，再说那么多的老苋菜果，总不能一倒了之。好在有婆婆在，先试吃一下吧！她吩咐丈夫拿来一个菜盆子，捞了浅浅的一盆，舀了一瓢水，冲去上面的白泡沫，但见苋菜梗青绿绿的。她心中一喜，不腐不烂，肯定能吃。她叫丈夫拿去蒸。丈夫拿到厨房里，偷偷地放了些菜油，在锅上大火一蒸，满屋飘出了一股沁人心脾的清香。香归香，但媳妇尝都不尝。中午吃饭时，媳妇把这道菜作为婆婆的专用菜，叫丈夫连饭带苋菜果送到婆婆的床前。做儿子的嘴上不敢说，心里还蛮过意不去的。婆婆端起饭碗，连扒两口饭，夹了一块苋菜果，仔细地咀嚼起来，越嚼越有劲，惊奇地问："这是什么呀，怎么这么香？长这么大我还没吃过呢。"说着连扒几口饭，破天荒地要求儿子再去盛半碗饭，看来这苋菜果真下饭。

丈夫来到厨房，正准备盛饭，媳妇纳闷地问："婆婆饭量大了？"

"苋菜果真下饭。"丈夫盛好饭给妈妈送去。

待丈夫把剩下的半盆苋菜果拿回来时，余香还在厨房里缭绕。媳妇好奇地夹起一段，仔细地品尝了一下，啧啧称奇：香！真香！几个孩子也抢着吃起苋菜果，居然个个饭量大增。

就在这时，邻居王大妈带着小孙女来敲门，人还没进门，大嗓门先进了门："烧什么好东西呢？害得我嘴馋的小孙女非要上你家来看看。"

"就这苋菜果！"媳妇往菜盆子里一指。

"骗人！"王大妈疑惑地往菜盆里瞧了一眼，有点不相信。

"你尝尝！"媳妇对外还是挺大方的。

王大妈用手指夹了一段苋菜果，往嘴里一扔："乖乖隆地咚，这什么东西呀，又鲜又香？"

"苋菜果！"丈夫和媳妇几乎是异口同声。

从此农家臭汤苋菜果一传十、十传百，一村传十村、十村传百村，方圆几百里的里下河百姓家，家家腌起了苋菜果。王大妈知道这是媳妇专门给她婆婆做的一道土菜，连夸媳妇孝顺，夸得做媳妇的满脸通红，夸得做丈夫的脊背上流冷汗。媳妇受到触动，从此一改不孝顺的举动，全家都孝顺婆婆。

能下饭就是好菜。臭汤苋菜果在苏北乡村成了农家名菜，恶媳也从此一改不孝举动，有了一个好名声。

美味蟹酱面

看到这个题目，大家一定很纳闷：这究竟是乡下的什么小吃？又是蟹，又是酱，又是面，到底是主食还是小菜？我很明确地告诉你，这是一盆又鲜又咸的面糊糊，是我们里下河地区困难时期农家下饭的一种小菜。我走南闯北去过不少大地方、小地方，吃过不少地方特色的风味小菜，从来没有见过这种蟹酱面小菜。就是我们家乡，从20世纪80年代起，做这种小菜的人家也慢慢少了。到了90年代，我回家乡看母亲、拜乡亲，饭桌上就再也没有见过这种蟹酱面。

其实，这种小菜也是那个特别困难时代的产物。五六十年代，农家以种稻麦为主，一天三顿吃粥的人家不在少数。就是吃大米饭，下饭菜无非是咸菜汤、炒青菜、炒韭菜。条件好点的人家会改善一下，买些豆腐百页，也就是青菜烧豆腐、青菜炒百页，或者咸菜豆腐汤。

人长期不见腥，有点鲜味就觉得特别的好吃，就是一种特别的享受，就是快乐和幸福。那是仲夏时节，天气已经很热了。我家田里的新麦子已经上场。一天放晚学，我看到母亲在灶间忙里忙外。我估计一定有好吃的。果然让我猜准了。里面的大锅煮着干饭，一股浓浓的锅巴香味迷漫在整个灶间。大米饭的香气中还夹着一股腥味，我心里乐滋滋地大胆地猜想：不会有肉或鱼吧？我们家至少一个月没有尝过荤腥了。我正想问，母亲兴奋地告诉我："你爸今天买好菜了。"

我迫不及待地问："是鱼还是肉？"我毕竟还是个十一二岁的小孩，嘴馋还是放在脸上。

"你猜！"母亲还卖起关子。

"肯定是红烧鱼！"我语气特别肯定。因为我从那浓浓的腥味中可以断定，只有鱼类才会这么腥。

母亲挺神秘地笑笑："再猜！"

"鲫鱼夹点刀。"这可是我们里下河地区招待上亲的一道美味。

"想得美！吃鱼还想吃肉，还两样一块吃！"母亲有点忍不住笑，边笑边说实话："你爸到海下去买黄豆，顺便带回来一坛炝蟹，可鲜了！"她说着把一盆铜板大的炝蟹端上桌，又跑到锅台边，拿起一个大碗，用勺子在锅里一勺一勺地往大碗里盛。当她把一大碗面糊糊端上桌时，我一看那咸得要命的炝蟹，再看看面糊糊，彻底失望了。失望中还挺纳闷，刚进灶披间还闻到的大米饭锅巴的香味呢？怎么眼睛一眨，老母鸡变成鸭了呢？大米饭呢？看来就这面糊糊了，还是喝粥！我以为面糊糊就炝蟹就是晚饭了。我端起大碗面糊糊正准备喝，母亲大声叫起来："那是蟹酱面，做菜的，饭还没有盛呢！"

蟹酱面，这倒是第一次见到，也是第一次听说。我仔细地看看，再用舌头舔舔，一股咸味，咸味中夹着浓浓的鲜气，浓浓的鲜气中还有一股钻鼻的清香。怪不得有腥气，我当是烧鱼，还想得美，以为要改善伙食有鲫鱼夹点刀吃，哪知就这一大碗面糊糊。不过还不错，还真是特别的鲜，特别的香，肯定是下饭的好小菜。

我还没有来得及问个来龙去脉，母亲像老师上课似的给我唠叨开了。

这就是炝蟹。因为卤水要把炝蟹淹下去，炝蟹才不容易坏。这是卤水煮的面糊。母亲是个勤俭持家的人，什么东西都舍不得倒掉。这蟹酱面看来又是她得意的杰作。

母亲把米饭端上桌，给我们每人舀一勺蟹酱面，用谦虚中带着自豪的口气说："尝尝看！鲜不鲜？挺下饭的。"我尝了一口，真的挺下饭的。爸爸啧着嘴问："这什么东西做的，怎么这么鲜？"不知道爸爸是明知故问呢，还是有意夸赞母亲。反正这一问，又拉开了母亲的话匣子。

"这蟹酱面可是我的发明。"母亲夸夸其谈，"炝蟹的汤倒掉也是浪费，我今天用炝蟹的汤，加些酒、葱和酱油豆渣子在锅里烧开。新上场的麦粉往里一撒，不停地搅均匀。搅拌时我就闻到了满屋的鲜气，满屋的香味。"说到这里，她还用筷子指指我父亲，"你下次到海边买炝蟹多要些炝蟹汤。"

这一顿饭，大家都吃得非常香，大米饭也多消耗了几碗。

蟹酱面特别的下饭，村民们传来传去，竟然传出了一道方圆百十里闻名的小菜。据说县长下乡在农民家吃饭，点名就上这道菜，既便宜，又鲜美，还实惠。现在生活条件好了，荤腥的菜摆满了桌子，谁还会想到这蟹酱面。记得有一次跟母亲提到这道菜，她只是笑笑，第一次烧这道菜时的兴奋和骄傲荡然无存："那都是过去的事了，现在谁家还吃蟹酱面。也就是咸面糊糊，再吃它，糊面子呀！"

我明白母亲说话的含义。社会进步了，村民们富裕了，大家脸上泛红光，都有面子。蟹酱面，就让它成为历史吧！

冒险吃刀鱼

长江有三鲜，鲥鱼、刀鱼、鲴鱼。鲥鱼、鲴鱼吃起来既鲜美又爽口，唯独这刀鱼，我真是不敢恭维。刀鱼刺儿细，且十分密，几乎是分布在刀鱼那细嫩的肉体的任何一个角落，稍有不慎，就会被鱼刺卡住。吃刀鱼急不得，要想尝鲜只能冒被刺的风险。

我说冒险吃刀鱼，是有由头的。

刀鱼奇鲜，第一次吃刀鱼虽然没有被刺着，但让我扎扎实实地吃了一次亏。记得那是 20 世纪 80 年代末期，中午我们在句容市机关食堂的一个小包厢里吃便餐。当时，我既不喝饮料，也不喝白酒。我记得是八菜一汤，饭菜齐上。八菜一汤中就有长江三鲜之一的刀鱼。这刀鱼是清蒸的，一端上桌就引起了我的注意。毕竟是第一次吃刀鱼，我趁开饭前的空隙，把目光落到这热气腾腾、鲜味四溢的餐盘上，认真地欣赏起来。张树兵是先进山门为师，见我是吃刀鱼的“老外”，自觉地当起了介绍刀鱼的老师。

刀鱼出于海中。每年立春至谷雨期间，成群刀鱼溯江而上，直奔大港附近的小孤山产籽，随后复经长江入海。在其过境时，刀鱼就成了渔民的网中物。

刀鱼扁薄狭长，形似尖刀，鱼鳞极细，色白如银，其肉特别鲜嫩。早春至清明是吃刀鱼的季节。刀鱼又称紫刀，须长，牙齿极其锋利。制作刀鱼有两种方法：一是红烧，二是清蒸。红烧刀鱼时，先把刀鱼内脏从腮帮处取出，鱼洗净后放在油锅中煎一煎，然后放酱油、黄酒、大葱、白糖等调料，烧几分钟后即可食用。清蒸刀鱼就是把刀鱼和各种调味一起入盘，隔水清蒸十几分钟即可。清蒸的刀鱼肉质鲜嫩，味道更美。无论是红烧还是清蒸，都要加些当地的燕竹笋。这样烧或蒸出来的刀鱼味道独特，鲜美无比。外地人不知道这个秘密，烧或蒸出来的刀鱼跟镇江这一带的刀鱼味道就有差别。这不奇怪，因为燕竹笋的主要产地是大港、扬中。

张树兵讲得头头是道，我没有尝到刀鱼前就已经听出了味道。开饭了，地方领导简单说了几句，大家开始埋头吃饭。虽是八菜一汤，除刀鱼外，还有鸡鱼肉几个大菜加蔬菜。张树兵在给自己夹了一块鸡腿后，给我夹了一条刀鱼放到我的小盘里，嘴里不停地咀嚼不停地给我介绍，大有一种刀鱼师傅的架势。我只听他说，夹的这条刀鱼是“头刀”，让我慢慢地品尝。我连推让几次，刀鱼还是落到我的小盘子里。后来我才知道，所谓“头刀”是指个重 100 克以上者，这种刀鱼长约盈尺，是刀鱼中的上品；50 克至 100 克者为“二刀”，是刀鱼中的常见货；30 克以下者叫“刀鱼渣子”，就上不了待客的餐桌了。

因为不喝酒，大家都是顺着转盘夹菜吃饭。我面前的小盘里有一条张树兵夹给我的尺把长的刀鱼，我只能慢慢地品尝，不好意思再到其他菜碗里夹菜。吃刀鱼可是工夫活儿。我虽然来自苏北水乡地区，鱼吃得不少，吃鱼也有经验，但常在河边走，哪有不湿鞋的，在家乡吃鱼我就多次被卡过。每卡一次就发誓再也不吃鱼了，但总是禁不住鱼的鲜美味道的诱惑。据说，刀鱼最鲜的地方是鱼鼻子。我夹起刀鱼头，使劲地吸，除了吸了一些带鲜味的鱼汤外，什么东西也没有吃到。我只能借着鲜味迅速地扒拉一口饭。然后，集中精力吃刀鱼那雪白粉嫩的肉。细密密的刺和嫩鲜的肉交织着，一次只能一小块一小块地放进嘴中，慢慢地在舌头底下过滤。刺排到嘴唇外，吐到桌子上，肉在嘴里搅动几下，带着浓浓的鲜味咽进肚里。虽然鲜气扑鼻，但完全没有那种大口吃鱼的快感。这是一个需要极大耐心品味的过程。不喝酒，明显地感到时间紧迫。慢悠的小转盘上，八菜一汤不停地从我的眼前转过去。红烧肉烧卜页卷那亮晶晶的红烧肉诱使我赶紧出筷，但拿筷子的手还是迟疑地停了下来，毕竟整条的刀鱼才吃了五分之一。初来机关，吃饭还是得文明一点儿，我提醒自己注意形象，不要像几天没有吃饭似的急吼吼的样子，让领导看了瞧不起。红烧老鹅是句容的名菜，正慢悠悠地转到我跟前。我真想夹一块鹅肉，大嚼一下，但筷子还是没有勇气举起来。小转盘一转又一转地从我的面前转过去，我还是吃着这带刺的刀鱼。我想加快速度，但密匝匝的刺让我不敢冒险，只能一段一段地耐着性子品尝。吃饭速度也明显地比大家慢。

这时，邻座的张树兵跟我咬耳朵。这段对话我至今记得清楚。只要我们俩人见了面，他总是忍不住要拿我第一次吃刀鱼说笑话。

“你吃刀鱼怎么大姑娘似的？”

“怎么啦？”

“你不能快一点呀！刀鱼一段一段地放到嘴里，用舌头一抵嘴唇里一抿，把刺吐出来就完啦！这一条刀鱼两分钟的工夫还吃不好呀？”

“卡住怎么办呀！那不得全桌看着我出洋相呀？”

“看来你是第一次吃刀鱼，没经验。我要提醒你，你再这样慢慢地品尝下去，其他下饭菜可就剩汤了。看来你是准备红汤泡饭了！”

我不知所措，只能按部就班地吃刀鱼，绝对不敢冒险加快速度。结果真如张树兵所说，吃完刀鱼，其他菜都剩下汤了。我来了个肉汤泡饭，加之还剩几块大肥肉没有吃。我从小爱吃肥肉，连汤带肥肉全消灭了。吃完之后，我想这顿饭虽然品尝了刀鱼，但是其他菜没有吃到，看来真的是有得有失。我不知道是该感谢张树兵战友为我夹刀鱼呢，还是该埋怨他给我夹刀鱼让我不能大口吃到其他菜。

第一次吃刀鱼给我留下了深刻的印象，但我觉得慢慢品尝是对的，我不能因多吃几块肉去冒被鱼刺卡的风险。

拼死吃河豚

大港、扬中一带流传着“拼死吃河豚”的说法。苏东坡曾有诗吟道：“竹外桃花三两枝，春江水暖鸭先知。蒌蒿满地芦芽短，正是河豚欲上时。”读着这首诗，似乎能闻到河豚的香味，满口生津，谁还会去顾生死，只能去拼命。

为了有机会去拼死吃一次河豚，我还有意找了些地方志之类的书，专门了解河豚知识。要不然有机会真的去拼死吃河豚时，拼死了还不知道怎么死的。据老镇江人说，河豚溯江而上，主要在扬中、大港一带的江中繁衍生长，到了焦山就再也不往上游了。因此，镇江没有吃河豚的习惯，镇江溯流而上的沿江城市也没有吃河豚的说法。河豚体短而粗，无鳞无须，呈圆筒形，有气囊，遇到危险时会吸气膨胀；体长 25 ~ 35 厘米，无腹鳍；前部钝圆，尾部渐细；吻短，圆钝；口小，端位，横裂。河豚有剧毒，其毒性比氰化物还要高 1250 多倍，所以，在扬中一带就有拼死吃河豚的说法。我来到镇江工作之后，每到河豚上市的旺季三四月份，扬中、大港一带总会有二三人因吃河豚而拼死了。只要死了人，报纸都会报道，目的很简单，就是要警告大家不要去拼死。但没有办法，美味的诱惑总会让一些嘴馋的人去拼死。河豚有剧毒，但并不是全身都有毒，否则怎么能吃呢！河豚的肝脏、生殖腺和血液有剧毒，毒素提取后可用于医治神经痛、痉挛等病。扬中、大港一带的老百姓对河豚中毒的描述特别形象，血麻、子胀、眼睛花，就是吃河豚的中毒症状。但聪明的扬中人会在吃河豚前认真地介绍河豚的烹饪方法，然后打包票，让你放心地去拼命。

扬中人烧河豚是有历史的，所以扬中厨师烧河豚经验十分丰富。首先，打理河豚就有一些严格的规定。剖杀河豚时，在案台上方放张报纸。眼睛要剜干净，血液要漂清爽，卵巢要小心除净，不能有半点留存。血液、眼睛、卵子都要放到报纸上，认真地检查后，才能洗河豚。如果杀了 10 条河豚，那必须查清报纸上是不是有 20 只眼睛，少一只眼睛都不能清洗下锅。河豚上桌后，厨师会走到桌前，用带过来的勺子舀起碗里的河豚汤连喝三小口，关照大家看表，20 分钟后厨师没事，大家就可以放心吃了。20 年前，河豚全是江中野生的，毒性剧烈，每次去扬中吃河豚，这都是必备的程序。

说到拼死吃河豚，我感到最有意思的是扬中人待客吃河豚，喜欢餐前讲些吃河豚中毒的趣事或中毒死人的恐怖故事，让准备吃河豚的客人心中有一种说不出的滋味。但吃的次数多了，就慢慢适应了。这跟坐飞机是一个道理。我第一次吃河豚，拼死的感觉始终在脑海里挥之不去。

拼死的决心下了，我终于吃到了鲜美的河豚。最后主食是河豚汤下面，那是有生以来我吃到的最鲜的面条。

长鱼汤功夫

长鱼即鳝鱼，又名黄鳝，因其身体细长，人们习惯称之为长鱼。用长鱼熬出来的汤，称为长鱼汤。我来大港工作不久，就听到东乡长鱼汤的美名。这里的人讲起长鱼汤津津乐道，在东乡人的心目中，早茶吃珍稀佳馔长鱼汤算上头牌，可与镇江宴春的蟹黄汤包齐名。

东乡长鱼汤不但鲜，而且香，香气浓浓的会飘到很远很远的地方。皇帝都不舍这一口汤。当年乾隆皇帝下江南，来到东乡金山的下院绍隆禅寺。在回镇江金山寺的路上，到了东乡一个镇的闹市口。当时正值春天，春雨霏霏，江上的风吹到身上凉飕飕的。那时的生活条件可不比现在，就是皇上也没有汽车坐，只能坐轿子。遇到路滑的陡坡，为了安全，皇上也必须下轿步行。这春雨慢慢地下着，皇上的衣裳不知不觉地就湿了，肚中也饥肠辘辘。这时，从村子里飘出来一阵一阵的香鲜味，皇上闻到嘴馋起来。皇上坚持要去镇上走走，大家只能前呼后拥。街面上到处热气腾腾的，店幌随着雨中的春风悠悠地晃动。“长鱼汤”三个字不停地在皇上眼前浮现。皇上被长鱼汤的鲜香味吸引住了。他走进一家不太宽敞的饭店，在吃长鱼汤之前专门到厨房里巡视了一遍。当他看到厨师勾兑长鱼汤的认真劲儿，兴致大发，一口气喝了两碗长鱼汤。长鱼汤下肚，身上也渐渐暖和起来。汤中云丝飞扬的样子深深地留在了他的脑海中。他走出店门，诗兴涌来，回过头对店主说道："这长鱼汤名字太土，我看就叫云飏汤。"皇帝一言九鼎，从此，"云飏汤"的招牌在东乡叫响起来。

长鱼汤江南一带都有，可谓历史悠久，誉满江南。但精于此汤者不多，也就是大港、大路、姚桥一带有名气，其中还是大港的长鱼汤独树一帜。

长鱼汤是个通俗说法。一方水土一方菜。这里的长鱼汤其实也是一种早点，或者说早饭的主食。上海人早上爱吃烧饼夹油条，我们苏北人早上就是稀饭就咸菜，大港东乡一带讲究的人或者说有身份的人爱吃长鱼汤。长鱼汤并不是简单地喝汤，光喝汤撑不饱肚子，这是品尝了长鱼汤之后才知道的。大港东乡一带吃长鱼汤不是单独吃，往往有加面的习惯。俗话说"一汤一面"就是这个意思。当然，也有单独品尝的。你在饭桌边一坐，就能看到吃长鱼汤的百态。有的以汤拖面，有的用汤泡蒸卷，还有的撕下蒸卷蘸长鱼卤的。总之，食客慢条斯理地品味，一副津津有味的样子。

这大港东乡一带的长鱼汤的确名不虚传，光形态就够你欣赏好一会儿。第一次品味长鱼汤，长鱼汤刚端上桌，我就愣住了。一个大青瓷碗里汤色发绿带青，纤丝般的蛋花似浮云一样，随着热汤晃动向四周飞扬，配着汤底黄而不焦的长鱼丝，简直就是一幅动态的立体画图。难怪长鱼汤又叫"云飏汤"，好形象呀！吃到嘴里更是滋润、爽口，清香扑鼻，鲜味浓烈。

做长鱼汤的功夫首先体现在原料上。所用长鱼既不能太大，也不能太小，一般选择无名指一样粗的长鱼为最佳。这样的长鱼分量一般有半两多一些。用饭店长鱼汤大厨师的话说，这样的长鱼既不老也不嫩。一斤长鱼可以做出二两左右脆丝。用这样的长鱼脆丝做出来的长鱼汤才是上品。做长鱼汤不是简单的烧鱼，光用的佐料就达十几种，葱、姜汁、黄酒、胡椒粉、虾籽、素油、荤油、食盐、酱油等是必不可少的。真正的长鱼汤大厨师下料都有严格的规格。用一斤长鱼炸的脆丝只能做三到四碗汤，做多了，就不够鲜、不够香，那只能说不是正品。调料中的鸭蛋、干粉，加到长鱼汤里都有比例。现在已经解密了，大致是一个鸭蛋做五到六碗汤，一两干粉做十碗汤。用这样的比例下料，做出来的长鱼汤就是正宗的东乡长鱼汤。

长鱼汤的烹调技术十分讲究，如做“云飔面”一定要用鸭蛋，生姜和葱只取其汁，炸丝要用素油，配汤出售时要用荤油浇在汤面上，这些都是约定俗成的。制作方法分八个步骤：第一步，氽鱼；第二步，划丝；第三步，煮汤；第四步，炸丝；第五步，提浮；第六步，合汤；第七步，烩丝；第八步，配汤。当然，骄傲的大港东乡人有时会边喝长鱼汤边吹牛：“知道程序不一定烧得出正宗的东乡长鱼汤，没有东乡名厨把握火候，下足功夫，就喝不到东乡鲜美的长鱼汤。”

应该说，大港一带的东乡人特别聪明，把长鱼汤的鲜美做到了极致，真是下足了功夫。

其实，做任何事都是一个道理，只要下足功夫，总会有名气。

时节无鲥鱼

春夏之交，太阳的光芒照到大地上，到处都是暖融融的。看到春江小河的美丽风景，大港人就知道，吃鲥鱼的季节到了。

是的，吃鲥鱼的季节到了。我初来大港，不知行情，在吃饭点菜招待尊贵客人时，闹出了大笑话。那天中午请客，来客是我在部队时的老首长。这位老首长在部队时对我的教育和培养让我终生难忘。我找了一家熟悉的小饭店，自己点菜招待，想让大港的江鲜在首长面前露一手，尽自己一份心意。鮰鱼、刀鱼、河豚都点了，都有货。我脑子一转，春夏之交不正是鲥鱼上市的时节嘛！我把嗓音有意拉高了八度："老板，就四菜一汤，已经点了三种鱼了，干脆来个全鱼席吧！你给我上一条鲥鱼！"

老板走到我跟前，先是一顿大笑，笑得我丈二和尚摸不着头脑。接着声音明显低了下来："你是刚来不久，对大港的江鲜还不熟悉。现在环境影响较大，有些鱼越来越少，有些鱼几乎绝迹。鲥鱼已经几年难觅踪迹了！有句话大港人已经传了快十年了，时节无鲥鱼！"

我听了若有所思。当着客人的面也不能丢面子，只好再问一句，让老板把大港鲥鱼上市时节基本捕不到鲥鱼的话重复一遍。言下之意不是我这个老部下舍不得花钱，而是时节无鲥鱼。巧妇难为无米之炊，用在这里最合适不过了。从那次出了洋相之后，长江三鲜由刀鱼、河豚、鲥鱼改为刀鱼、河豚、鮰鱼。

"时节无鲥鱼"让我这位在长江边工作的芝麻官对鲥鱼产生了浓厚的兴趣。对鲥鱼我是没有感性认识。说直白一点，活的鲥鱼还是没有见过。

到大港工作，虽然没有品尝到鲥鱼的鲜味，但鲥鱼知识增长了不少。记得应该是2002年初夏，我竟然还欣赏了一次鲥鱼的真容。这得益于饭店的老板，也就是我第一次点鲥鱼时，那位哈哈大笑的饭店老板。当时他就许诺，一旦渔民捕到鲥鱼送到饭店，一定第一时间通知我来欣赏。当然，品尝是不可能了，价格高得离谱。一晃三年过去，我也没有接到他的电话。每次到饭店就餐碰到，他都反复打招呼：大港江面每年渔民最多捕个三四条鲥鱼，每斤价格没有万把块拿不到，所以基本绝迹。

记得那是一个星期天的中午，我在家休息。突然手机响了，打电话的是饭店老板。他在电话里告诉我，刚才渔民送来一条活鲥鱼，大约斤把重，下午包装后专门送到上海。如果要欣赏一下鲥鱼的尊容，下午三点之前到饭店都能看到。这个电话还真让我兴奋起来，我赶紧驱车30公里路，从镇江来到大港饭店。饭店老板把我领到厨房，只见红色大盆里一盆碧清的河水中有一条斤把重像宽刀似的鱼。老板用手一指："这就是鲥鱼！你没见过吧？上海的一个大老板是我的好朋友，他一直想买条鲥鱼孝敬老娘。我答应过他，可一等就是三年，总算捕到一条。他下午派专车来取。"听了饭店老板的话，我深有感慨：鲥鱼真的时髦，鲥鱼真的珍贵。我驱车30公里来只能看看，人家驱车300公里才能品尝。

我蹲下来，好奇地欣赏起盆中鲜活的鲥鱼。鲥鱼体态扁平，但比一般的鱼要宽。打个不恰当的比方，把鳊鱼加长倒有点像鲥鱼。鲥鱼背部呈墨绿色，腹部呈银白色，在游动翻身的刹那，厨房的灯光映照在腹部泛起银白色的光芒。鲥鱼的鳞片特别厚，特别肥，脂肪含量高。怪不得吃鲥鱼最独特的一点是不去掉鱼鳞。有美食家说过，鲥鱼鳞是鲥鱼最肥鲜的地方。

鲥鱼虽然逐渐消失，但鲥鱼的美味还深深地贮藏在人们的记忆中，特别是长江下游镇江一带的人们，只要吃长江“三鲜”，就会想到鲥鱼。但是，遗憾的是时节无鲥鱼。

虽然现在吃不到鲥鱼，但鲥鱼的两种烧法这里还是记述一下，以便存忆，记住乡愁。红烧鲥鱼：素油煸煎，急火收汤，竹笋为主料。端上桌可见其鲜嫩的鱼肉，晶莹的鱼鳞，牙黄的笋片，翠绿的葱花，色彩纷呈，让人一眼便情不自禁地想去品尝。清蒸鲥鱼：隔水上笼，辅以香菇、竹笋，大火清炖，其色洁白，其汁似乳，其味隽永，给人一种脱尘绝俗的高雅印象。烧法不同，但特色一样，入口即化，腴而不腻。

在大港这一带生活、工作了近17年，大港的风俗人情也了解不少。夏至刚到，人们就想到鲥鱼。这里的老百姓称夏至为“交时”。“交时”也有走好运的意思。这一天，人们往往会想办法吃鲥鱼，以求交好运。虽然现在时节已经无鲥鱼，吃鲥鱼交好运只是一种美好的念想，但不吃鲥鱼总让人陷入一种往日夏至吃鲥鱼的沉思。也许三十年河东，鲥鱼绝迹了，但三十年河西，鲥鱼又游来了。现在人们普遍意识到环境治理的重要性，相信一饱鲥鱼口福的这一天不会来得太晚。

到那时，时节定会有鲥鱼。

长江蟹趣事

蟹这种食材全国各地都有。出来工作前，家乡是有名的水乡，水乡有蟹吃一点儿也不稀奇。所以，我到大港工作后对食蟹并不感兴趣。但长江蟹不一样，长江蟹的鲜味，吃长江蟹的趣闻趣事，至今还深深地留在我的美食记忆中。

第一次吃长江蟹是立冬后不久。我的副手把我们请到他家中做客。一到他家就申明，在家中吃饭也是四菜一汤，主菜是长江蟹。我一听吃蟹，心中一愣，脸上毫无惊喜，表情也很自然。其实，我是想来副手家改善生活的，就想吃些红烧大鲫鱼，最好红烧斩肉，红烧肉加上卜页卷，最好以五花肉为主。我爱吃肥肉，这是从小养成的习惯。吃蟹嫌麻烦，还是那句话，到嘴不到肚。再说，我们家乡到处是水，有水就有蟹，蟹这东西不稀罕。我坐定，端起茶杯呷了一口，往玻璃台板的餐桌上一放，说："长江蟹就不要上了。听说红烧猪三宝是你的拿手戏。过去你在村上当村主任经常招待县乡来的领导，这猪三宝你是出了名的一把厨。今天就吃猪三宝怎么样？"

我那副手点点头，若有所思地望着窗外。副手的住宅是二层小楼，院子比较大。院子里以种菜为主，但一棵高大的白果树很显眼，细小得像大蚕豆的片片叶子已经枯黄，但黄得发亮。冬至刚过，西北风一阵一阵地刮过来，那发亮的黄色的白果树叶一片片往下掉。树枝上，几只喜鹊叽叽喳喳地叫着。副手说："喜鹊叫，有亲到，你们就是亲戚，亲戚就要用最好的食物来招待，这才有诚意。猪三宝已经在锅里焖着，但长江蟹今天是必须吃的，长江蟹吃的是鲜味，那是任何地方的蟹都不能比的。吃饭之前，我给你们作一次长江蟹表演。"一听说吃蟹还有表演，大家顿时来了兴致，目光盯到副手的身上。只见副手起身进了厨房，一会儿出来时，手上捏着一只足有半斤重的大螃蟹，一直往餐桌边走来，大家的目光全聚焦到那只张牙舞爪的长江蟹身上。

我的副手生在长江边，长在长江边，是真正喝长江的水长大的。他从村里的支部书记一直干到管委会监察局长，在大港算是个见多识广的聪明人。他右手捏着蟹，在我们面前晃了晃，先对长江蟹作了一番科普介绍。长江蟹的学名叫中华绒螯蟹。长江蟹的特点是青背、白肚、金爪、黄毛。

他将长江蟹放到台面上，长江蟹悠悠地在台面上爬行，从东往西，一点儿也不打滑。一会儿工夫，就爬到了餐桌玻璃的西头。要不是副手眼疾手快，长江蟹会掉到地上。这说明长江蟹力气大。长江蟹个头大，公蟹一般半斤以上，母蟹也有四两上下。蟹膏饱满，蟹油肥硕，蟹肉也特别的丰满。不像我们家乡的河蟹，吃起来一堆骨壳，肉到不了肚子。长江蟹最大的特点是特别的鲜。鲜到什么程度，我最有体会。当时吃过蟹后，满手油腻，副手端来一盆带香菜的半烫水让我洗手。我反复搓洗，放在嘴边一闻，仍然有一股冲鼻子的腥味。我又洗了几遍，然后到水池上又用自来水反复冲洗，拿条毛巾反复擦手，但用鼻子嗅嗅，还有腥味。这时，我的副手走到我跟前幽默地说："你就是到浴室洗把澡，这蟹腥味也洗不掉。所以，大港地区流行一句俗语：‘吃长江蟹赖不掉的’。说的就是长江蟹的鲜味。”

长江蟹在东乡一带名气很大，价格也高，这我是有切身体会的。价格最高时能达到普通河湖蟹的五至六倍，而且有时还买不到。由此就出现许多吃长江蟹弄虚作假的趣事。

我有一位很要好的朋友的儿子在东乡附近的一家大酒店厨房工作。他的任务有点像理发师。开始我听不太明白，等听明白后把我笑得差点喘不过气来。他负责用理发店刮胡须的刀子给大闸蟹刮螯子上的绒毛，用砂纸打磨蟹腹，让蟹腹变得雪白。这样看上去就成了野生长江蟹了。一般是老板从外地挑选个头大的河湖螃蟹，这样一加工，外地的河湖蟹就可以冒充野生长江蟹，就能卖个好价钱。因为熟悉长江蟹的当地人只要看螯上的毛，看蟹腹白不白，就知道你这里的长江蟹正宗不正宗。经过这一加工，一般本地人还真难辨真假长江蟹。因为长江蟹长期在江底的沙子上爬行，螯无绒毛，腹部雪白这是规律。聪明的饭店老板用这个规律反复向吃客介绍宣传，还真把很多顾客蒙住了。

去饭店请客的人好面子，总是要上江蟹，但陪同人员一起陪客人吃长江蟹，实在是囊中羞涩，于是就想了个土办法。最后一道菜上清蒸长江蟹时，客人吃正宗长江蟹，陪同人员一律吃河蟹。长江蟹、河湖蟹价格相差五六倍，这一桌酒席总价立马下来了。老板虽然不乐意，但还是必须照请客人的意思安排。我就经常在请上级领导和客商吃饭时用上这一招，既照顾了我的面子，又照顾了公家的钱袋子。当然，上蟹时还得注意一些细节。最简单的办法是秘书人员陪服务员分发蟹，这样不会发错，因为秘书人员熟悉客人。当然，吃蟹时还要谈笑风生地介绍长江蟹的特色，只是自己手里拿的是河湖蟹，心里不太踏实。

想到长江蟹的趣事，心里时时感到不踏实。

东乡羊肉香

每到立冬至春节前这段时间，镇江的东乡大路、姚桥、儒里、大港一带，几乎村村都会开起季节性的饭店——东乡羊肉店。东乡羊肉成了远近闻名的冬令滋补佳肴。药典上对羊肉有记载。

第一次品尝东乡羊肉应该是二十几年前。当年，我在市级机关工作。记得有一回，我的顶头上司姚美玲同志带我们在丹阳调研结束后，说是要请我们去东乡吃羊肉。有着女性化名字的男子汉姚美玲是东乡人，有个很要好的同学是个小企业家。他请我们去他同学厂里的食堂专吃东乡羊肉。听到这个消息，大家都很兴奋，只有我提不起兴致来。原因很简单，我们苏北里下河地区没有吃羊肉的习惯，主要是怕羊肉的腥味。记得上小学时，叔叔家杀羊，盛了一碗羊杂汤给我喝，我刚喝了一口就全吐了。提到羊肉，我就想到羊肉的腥味。姚美玲毕竟是领导，立马看出我的心思。他没说东乡羊肉有多好，只是说东乡吃羊肉的人特别多。

下午四点多钟，冬天的太阳已经往地平线慢慢地靠近。我们一行七八个人，分乘两辆小汽车，刚出城，就看到快要落山的太阳圆筛子似的。我与姚美玲同坐一辆车。没等我开口问，姚美玲就滔滔不绝地给我介绍起东乡羊肉。我迫不及待地问："羊肉不是很腥吗？怎么东乡羊肉这么有名气？"

姚美玲指指前面的手扶拖拉机、自行车，还有各种各样的小汽车，带着东乡人的自豪感说："这些车都是往东乡去吃羊肉的。东乡羊肉不仅有名气，而且有香气！至于你说的腥气，到时一吃你就知道。"

"香到什么程度？"我忍不住问道。

"香到什么程度，我也说不上来。但我讲个东乡一带流传已久的佛跳墙的故事，你就知道东乡羊肉有多香了。"姚美玲兴致勃勃地讲起一个美丽动人的故事。

说不清年代了。圌山南麓姚桥靠江边一个小渔村里，住着一个养羊的寡妇。寡妇无儿无女，养着一只羊。寡妇每天牵着羊要饭，受尽凌辱。有一次要饭时，她被一个地痞无赖当众调戏。寡妇虽穷，但性格刚烈，回家觉得无脸见人，准备悬梁自尽。刚把麻绳挂到屋梁上，门口的羊就"咩咩、咩咩"地叫个不停。寡妇听到羊的叫声，心想，我一死，羊也活不了，不如把羊杀掉，吃顿饱餐再去见阎王……寡妇把家里的葱、生姜，还有半瓶酱油、半袋红糖及门口的大蒜统统放进锅里烧。寡妇边添柴火边擦眼泪，不知不觉几个小时过去。天已经暗下来，到处伸手不见五指，只有躲藏在河边草丛中不知名的虫儿的叫声悠悠地传来，这让寡妇的泪流得更多。锅里的羊肉已经酥烂，满屋飘香。香气透过门隙，随着冬天的风飘到很远的地方。一个云游的和尚闻香而至，在寡妇家的门前伫立好久，口水都流了出来，终于忍不住诱人的肉香，跳过寡妇家低矮的围墙，刚掀起锅盖，猛一抬头看到梁上吊着一个人。他赶紧救人，并喊来左邻右舍，终于把寡妇救活。寡妇为了感激和尚和大家，就用锅里的羊肉款待大家。谁知这羊肉太香，很快被大家一扫而光。这喷香诱人的羊肉给了寡妇启发。于是，她到姚桥街上开了个羊肉店，还用这个烧法，闻香而至的人络绎不绝。名气叫得响了，得有个名。于是寡妇想到云游和尚的救命之恩，起名“佛跳墙”。从此，“佛跳墙”就成了东乡羊肉的代名词。

听完“佛跳墙”的故事，我们的汽车在镇西头停了下来。我们跟着姚美玲沿着满街飘香的羊肉店往他同学的食堂走去。姚桥的街道不太宽，但两边家家户户门口都支起了一口熬羊肉汤的锅，门口的条桌上摆满了晶莹透亮的羊蹄，透亮的肉皮下是橙红色的羊肉，一块一块羊糕切得方方正正，大锅里始终冒出腾腾的蒸气，那诱人的清香钻进了我的五脏六腑，闻不到半点儿腥气味。

我们在姚美玲的带领下，很快来到他同学的食堂。一张大大的圆桌，四大盆红烧羊肉一齐上了桌。

趁着大家斟酒的空儿，我认真地欣赏起热气腾腾的红烧羊肉。首先，比较夸张的是四只青瓷花菜盆，这盆子口径至少有七八寸宽，一盆装三四斤红烧羊肉不成问题。我仔细一看，这羊肉连皮切成长方块，每块都像说书用的惊堂木大小，大部分都是橙红色的瘦羊肉。羊肉块交叉堆成一个小馒头尖。盆子虽大，但四周是一层厚厚的荤油，灯光都映在荤油上。四盆呈“田”字摆放，热腾腾的冒着扑鼻的香气。这红烧羊肉给我的第一印象是色泽鲜艳，特别的香。葱叶切成寸把长，翠绿翠绿的葱叶点缀在羊肉上，羊肉皮中显出灿灿的黄色，那橙红色的瘦肉一看就知道炖煮得特别到功。那方块与方块羊肉上的瘦肉丝互相黏在一起，一看就知道这羊肉特别的酥。酒已斟好，大家早已拿起了筷子。姚美玲是领导，擅长讲话，他的开场白长了些，害得我闻着这喷香的羊肉，口水都要流出来了。

东乡红烧羊肉真是名不虚传。拣一块带皮的羊肉块放进嘴里，先是甜，后是香，再而鲜得嘴里的羊肉还未仔细咀嚼咽下去，筷子早已伸到盆里，眼睛早已瞄准了另一块羊肉。难怪云游和尚闻香翻墙，这东乡红烧羊肉确有芬芳，食后鲜美凝舌，上下嘴唇有时吃着吃着全不知不觉地粘贴在一起，吃后嘴里渗出绵绵余香。

在回镇江的汽车上，姚美玲说了一句话，让我们这些外地人大吃一惊。他的意思是今天吃的只是东乡羊肉菜系中的一款。东乡羊肉可以做出各种各样的菜肴，每周来东乡吃一款，吃三年也不会重样。我开始以为姚美玲同志酒喝多了，后来一了解，东乡羊肉真的菜系繁多，举不胜举。原色羊糕、精红羊糕、白晶羊肚、翡翠羊肝、羊血面、鹦鹉羊心等，羊鱼结合的菜就更多了，鱼汤红烧羊肉、全鱼羊肉、河蚌羊肉、鱼片羊肉……

鱼加羊为“鲜”，你说东乡羊肉能不鲜吗？鲜中起香！东乡羊肉香出了名气！这名气将越来越香，香飘万里。

说说烂面饼

烂面饼是东乡的一大美食，被人说得很玄乎。用东乡本地干部的话说，烂面饼是一种特殊的饼，可与月饼、大炉烧饼、草把烧饼相媲美，当然各有特色。东乡人吃烂面饼不讲究，家家的主妇都能做得喷香。改革开放后，烂面饼上了大饭店的餐桌，仔细品尝，还真有其独到风味，既有油煎的浓香，又有饺子馅似的鲜美，还有我们家乡小面饼的韧性。多次看东乡人或厨师做烂面饼，还真是打心里佩服。做烂面饼的四道工序或者说四大难点还真要下些功夫，跟我们家乡的小面饼做法完全不同。

第一道工序是和面。这和面十分讲究技巧，还有一个诀窍，就是和面时如果只是一般的搅拌，面团的黏性差，馅子包进去容易有裂缝。和面必须将几双筷子抓在手里在面盆里不停地搅和，而且要顺着一个方向搅。搅和的时间越长，面团的韧性越大，直到面丝粘连为止。

如果说和面的技巧东乡人一教就能学会的话，包馅可就不是光学就会操作了。包馅的关键是练。包烂面馅的程序说起来挺简单。包馅前，先将少量干粉倒在平整的器皿里或案板上，再将和好的烂面倒在面粉上，然后用干面粉抹手，摘取烂面小团，摁成扁形，在摁扁的烂面上放上馅心。特别要注意的是，放馅的数量不能多，只能是薄薄的一层。然后，将烂面和馅包成球形，之后就进入第三道工序。

第三道工序是“拍”。“拍”很关键，是做烂面饼的功夫所在。如果你不掌握“拍”烂面饼的技巧，功夫不到，两手一定会粘满稀烂面。馅子是包进去了，但用手一“拍”，如果手劲的轻重掌握不好，馅子就会冒出来。有经验的东乡人在拍烂面饼时，两个手掌要反复不停地将包着馅心的面团拍扁拍圆，拍得两面薄如纸张，馅要拍得特别均匀，直至边沿，面表层要十分光滑干净，不能露出一点馅心。

烂面饼拍成后，须立即下锅煎烤。煎烤前先用素油下锅，小火加热，待锅中的油慢慢地起烟后，将拍成的烂面饼轻轻地贴到锅上。下油特别有讲究，油放多了，成了“炸”烧饼，少了又会粘锅。因此，下油的技巧是多次下油，每次少许。火要文火，要翻来覆去煎烤，使烂面饼的两面受热均匀。要做到“一块烧饼两面黄，慢煎细烤满屋香”。起锅盛盆时，两面金黄、呈半透明状并泛着油泡的烂面饼才是合格的。

东乡一带招待亲朋好友或重要客人上烂面饼时，总不忘说几句“广告词”，讲几个小故事。说得最多的是明朝皇帝朱元璋、清代皇帝乾隆、宋代大文豪苏东坡都是烂面饼的粉丝。烂面饼虽不能登大雅之堂，但皇帝爱吃，名人爱吃，可见其“绝味”吸引力有多大。

明太祖朱元璋对烂面饼情有独钟，他经常以烂面饼当早餐。据传，朱元璋吃烂面饼一定要东乡原汁原味的，因此，他的御膳房里专门招了一个东乡一带的厨师，每天专门为他“拍”烂面饼。他吃烂面饼还有一个独特的嗜好，就是边品尝烂面饼，还要边听厨房里“拍”烂面饼的声音，就像现代人边用餐边听轻音乐似的。朱元璋是乡下人，要饭的出身，对乡下的一些美食有特殊的爱好和品鉴能力。一次吃早餐，烂面饼刚端上来咬了一口，他就果断地说这不是地道的东乡烂面饼，吓得服务的太监浑身发抖，连连解释东乡厨师生病了，这是其他厨师按照东乡厨师的程序做的。但朱元璋就能尝出这烂面饼不是纯正的东乡味。

名人爱吃东乡烂面饼总会闹出些趣闻。我在新区任纪工委书记期间，曾接待过一位纪委书记，这对我们来说就是名人，就是大干部。记得那是一个夏天的中午，天气很热。我们安排领导在管委会食堂就餐，中午不喝酒，十几个人吃饭，也就是八菜一汤。我记得清清楚楚，首先上的点心是烂面饼，然后每人上了一大碗筒骨冬瓜汤。那位领导夹起烂面饼，先是就着灯光照了一下。这烂面饼有碗口大，薄薄发亮，香气扑鼻。“这烂面饼做工不简单哪，透亮的，里面绿色的菜馅都看得清清楚楚，最绝的是里面的馅一直拍到饼的边沿而不外露，技术很精湛，这简直是一件艺术品，真舍不得下口。”这位领导还没吃就先夸了起来。说是舍不得下口，还是迫不及待地咬了一口，咀嚼几下，喝了一口冬瓜筒骨汤，连说三个好吃，让大家都放下心来。开始我们都担心在食堂招待不好领导，想不到这烂面饼帮了我们的大忙。这位领导吃完一块烂面饼，又夹起一块，就着冬瓜汤，很快就吃完了第二块烂面饼。这时，那八菜才陆陆续续地上来。领导很少动筷子，一碗筒骨冬瓜汤，加上两块烂面饼，肚子已经饱了。我们几个很后悔，这烂面饼做得大了一些，吃了烂面饼，其他菜怎么吃得下，为此，我还专门给厨房提了要求，以后的烂面饼只能做成小碗口大，既要让客人尝到东乡烂面饼，又不至于让人家吃不了其他菜肴。

宋代大文豪苏东坡吃过烂面饼后曾写下两句诗：“此饼送去蟠桃会，神仙取饼不取桃。”由此可见东乡烂面饼的魅力。

说说锅盖面

镇江有“三怪”，面锅里煮锅盖这是一怪。通俗的说法叫锅盖面。镇江的面条怪就怪在下法与众不同：下面时将锅盖放在面汤里煮。锅盖比面锅小，锅中水在翻泡，锅盖压在沸腾的水上，称之为怪异一点不觉奇。我刚到镇江时听说这锅盖面，还真到大街饭店、小巷面馆转了一圈，而锅里煮锅盖一点也不假。这锅盖面之所以出名，应该说是沾了乾隆皇帝的光。

当年乾隆皇帝在宫殿里吃尽了山珍海味，下江南到了民间后，也是遍尝当地的风味美食。镇江人早上爱吃面，镇江的大街小巷到处是面店。灶上下面，灶外没有桌子，吃面条的人都蹲在路边吃。一个小面馆门前的挡雨棚下全是蹲着吃面的人，煞是壮观。乾隆皇帝慕名寻到镇江城外的一个有名的姑嫂面店。这姑嫂面店的姑姑送面到客家，面店里只有嫂子一人忙里忙外。皇帝驾到后，前呼后拥，面店顿时热闹起来。护驾的等不及，多次派太监催着上面条。这嫂子手脚很麻利，但因为没有见过这场面，手脚忙乱之中误将灶头上汤罐的小木盖子丢进了面锅里。煮熟了的面条在汤罐盖子下面“咕嘟咕嘟”直翻泡，不一会儿水就开了。嫂子按照惯例加进两瓢冷水养一养面，水再次滚沸，面透着气后，嫂子很快将面条捞起来，装进碗里，配上特制的面汤料，加上浇头，由太监端到皇帝面前。这时嫂子的心才落下来。当她的目光在滚沸的面汤上扫了一眼后，心里又挂起了一块石头。原来她看到面锅里漂着汤罐的盖子。她真担心刚才的面条的味道因锅里有汤罐盖而不地道，更担心有异味遭到皇帝问罪。皇帝吃着面，赞不绝口。也难怪皇帝夸个不停，这真应了隔锅饭香那句话。皇帝平时吃惯了山珍海味，换了一个口味，感到这面条特别劲道，特别香，汤也特别鲜。乾隆皇帝是个美食家，吃过美食，就想去后厨看个究竟。他来到厨房仔细察看，只见锅盖撂在汤锅里，漂在汤上，汤溢出来了，锅里的泡泡直往上冒。突然间，乾隆皇帝好像发现了什么秘密似的惊叫起来：“难怪这面条这么香，这么鲜，原来是把锅盖放进面锅里煮的！”皇帝的话就是圣旨，这句话成就了镇江“面锅里面煮锅盖”的独特美食，也就有了镇江一怪。面锅里煮锅盖也因此有了名气。

说了锅盖面这一怪的来历，再说说这锅盖面的面有多讲究。一般面条用机器压制，但锅盖面的面条制作是“跳面”。这样煮出来的锅盖面吃在嘴里有劲耐嚼，味道特别。这样跳出来的面条做成锅盖面是锅盖面成名的重要原因。

锅盖浮在煮面的沸水锅里，至少有三个好处：一是生面条逐份投入，不打结、不散乱，每碗面条份量差不多，规格准确；二是面汤滚沸时，不生不烂；三是面汤滚沸时，易于清除浮沫，保持汤面不浑浊。当地传统习惯，顾客来店里吃面时，会自带些荤素菜品。这些荤素菜品在沸汤中涮熟后，多种荤素鲜味溶于汤中，使锅盖面的口味更加鲜美。这可能是锅盖面这么有名气的另一个原因。我们单位附近有几家面店。我们去吃锅盖面时，会看到当地食客带来各种荤素菜品，有猪肝、猪里脊肉、羊肉、牛肉、鸡蛋、鲜笋、青椒、川芎、小青菜等。在滚沸的面锅中焯熟后，拌面而食，实际也近似于盖浇面。

说到镇江锅盖面，不能不说锅盖面的店牌。别看镇江锅盖面店堂不大，但店牌往往做得很大，很讲究。镇江北固湾附近有一个“大胡子面点”招牌，招牌上每个字都一尺见方，鲜红鲜红的。走在街上老远就能看见，但吃面的人居然蹲在路边的行道上，很是壮观。刚来镇江工作时，我对镇江锅盖面没什么兴趣。我这人爱吃肥肉，不爱吃面。镇江人说“肴肉不当菜”，我是“面条不当饭”。后来我也爱上了锅盖面。一次早上跑步，吃锅盖面的一位客人从背后喊我。我回头一看，竟然是公安局的副局长。我挺好奇地问了一句：“你也来这儿吃锅盖面？”他说上班路过，大胡子面馆有特色，就慕名而来了。看来镇江人讲的不是条件，是实惠。

镇江锅盖面给我留下了深刻的印象。我常常在心里想，镇江把锅盖面定为一怪绝不是随便定的。锅盖面有着深厚的文化精髓。锅盖面韧、香、鲜、方便，谁不喜欢？

镇江人办事务实，讲实惠，锅盖面是最大的体现。

家乡的红烧肉

东坡肉、啤酒肉、糖醋肉，说来说去都是红烧肉。外地的红烧肉再好，也比不上家乡——姜堰的红烧肉。提到红烧肉，上了年纪的人都偏爱它。那是因为五六十年代物质极度贫乏，连肚子都难以填饱的时代，不要说吃上两块红烧肉那是多么幸福，就是听到“红烧肉”三个字，也会馋得直流口水的。

小时候，我们家相对不算太穷，因为父母是做豆腐小生意的，每月总能吃上几次红烧肉。早上，从爸爸买回来猪肉挂在墙角的那一刻起，我心里就一直甜蜜蜜的。上学前，站在那用草绳扎着的猪肋条前细细地端详，仿佛是在看一件精美的艺术品。这是一种巨大的吸引力，上午的课必定听得不那么认真，因为心里老是惦记着中午的红烧肉。放学的铃声响过之后，背起书包直往家奔。到家一看，半铁锅的大米粥，顿时感觉浑身没劲儿，看来只能等到晚上了。晚上一推开门，一股扑鼻的香味直冲过来，原来红烧肉已端上了桌。弟妹几个早已围在长条桌边，妹妹明显嘴在动着，看来早已品尝过了。我家六口人，就我一人吃肥的，所以我并不着急，先夹起一块肋条骨就往碗里放。弟弟说话了，这么多肥肉你可以吃两顿的，你不能吃瘦的。妈妈也在一旁指责我。我是老大，只得无奈地把夹到碗里的肋条骨放回菜盆里，再夹起一块红透颤抖的大肥肉塞进嘴里。那香味透心透骨，那种享受的感觉现在再也找不到了。

说到家乡的红烧肉，不能不说姜堰二招的红烧肉。二招烧出来的红烧肉肥而不腻，酥而不化，甜而不粘，浓而不咸，香气四溢，晶莹透明，据说当时在全省都很有名气。那是 1969 年春末初夏，我当选学毛选积极分子红小兵代表，去姜堰参加表彰大会。当时能吃会议伙食，那可是天大的享受。四菜一汤也就是红烧肉一个主菜。总算盼到中午吃饭，大家八人一桌，都盛满饭，才开始上菜。这跟现在先上菜，最后吃点主食正好相反。只见桌子上四菜一汤，热气升腾，饭碗也已盛满了白花花的米饭。但大家都瞪着眼睛，你望望我，我看看你，再把眼光"往前看"，全部集中在菜盘子上，尤其聚焦在红烧肉上，任凭馋涎欲滴，就下不了筷子。原来在等服务员来发筷子。二招的红烧肉的确是名不虚传，红透透的，每块却仅有麻将牌大，不像乡村烧的红烧肉，大块大块的。筷子发下来后，大家齐刷刷地举起筷子。开始吃饭了，夹菜时所有的筷子几乎指向了同一个方向。绝不是夸张，最多只有三分钟，盘中只剩下一块"麻将牌"了。当时虽然穷，但是大家都还是很要面子的，谁都想吃这块肉，谁都不好意思伸筷子。突然，一个高个子同学挺聪明地站起来，用筷子夹着这块"俘虏"挨个儿征求意见："你吃吗？"大家都谦逊地说"不吃"。高个子幽默地说："大家都不吃，浪费了多可惜，我来把它消灭了！"40 年过去了，尽管发生了翻天覆地的变化，尽管物质极大丰富，尽管大餐吃多了，各种各样的美味佳肴都记不清什么味道，但那块红透透的"麻将牌"至今还在我的眼前晃动，在我的脑海里留下难以磨灭的印象。

我爱吃红烧肉在朋友亲戚圈子中也是稍有名气的。有一次，家乡两位老师在城里比较有名的餐馆请我吃饭。在那么有名的大饭馆吃饭，居然餐中上来一盘正宗的家乡红烧肉。我一连吃了好几块，激动了好几天。我在心里十分感激我的老师，他们请我吃饭是那么的真诚，那么的用心——城里这样大的饭馆一般是不会准备红烧肉这种乡下土菜的。

说起红烧肉，老同学总要提及我的一条“丑闻”：当时高中我们的课桌是苏联式的活动桌面，可以往上翻。周末回家我带来一只罐头瓶，瓶里是满满的红烧肉，连肉块带汤汁黏在一起。晚自习时，我把罐头瓶的盖子打开，藏在活动桌面的下面，瞅空我就偷偷地打开桌面吃一块。连续吃了几块后，被同学发现了，大家立即围上来……这事让我后悔了好几天。

如今生活条件好了，袋子里钱也多起来，吃的东西也越来越多。吃顿红烧肉再也不需要等上个把月，想吃就吃。然而，香气却不再那么扑鼻了，味道也不再那么鲜美了。《罗塘天地》的编辑老是寄小报给我，我一读到家乡的报纸，就忆起家乡关于红烧肉的旧事。看来不能老是吃家乡的“红烧肉”，提笔写篇小文，如能刊登，不知能否也算上一块“红烧肉”。

汤的记忆

外国人吃饭喝饮料，中国人吃饭讲究喝汤。在中国的餐饮中，无论什么东西，加上清水一煮，加些盐或不加盐都成了汤。大家对汤不陌生，但中国人对汤的研究却异常的深奥。汤的贵贱相差十万八千里。你说，如果请你喝人参虎骨汤，那得多少钱一碗？童年的时候，吃饭没有菜，就用酱油加些盐、葱花一冲就是一碗神仙汤，基本不花钱。研究汤的做法、汤的质量、汤的食疗等专业知识，那是美食家的专长。我虽然天天喝汤，但对汤却没什么研究，而那些童年时代和汤有关的故事，现在回忆起来却挺有意思。

记忆中印象最深的是咸菜豆腐汤。这在童年也不是天天能喝到的汤。农村里搭粥搭饭的主菜是咸菜。腌咸菜在农村也是一大奇观。霜降一过，家家户户的天井里都会拉上结实的麻绳，大批用来腌的大菜不洗不削，从地里运回来后就在绳子上一晾，让微微的寒风尽情地吹，让温和的阳光从容地晒。吹晒上一周之后，就开始用大籽盐腌。家家户户根据人口多少腌咸菜，冬春的下饭菜全靠它。就是到了初夏，咸菜吃不掉也不会浪费，勤劳的村民们会晒出干咸菜。只要煮饭，咸菜汤就是最好的下饭菜。别看简单不过的咸菜汤，在农村也能做出上百种的花样。我随便报报你听：豆瓣咸菜汤、菱米咸菜汤、山芋条咸菜汤、粉丝咸菜汤、咸菜豆腐汤等。印象最深的还是豆腐烧的咸菜汤。现在豆腐不值钱，也不稀罕。那个年代，豆腐可是好东西，也是营养品。记得三年困难时期的后期，各个村都办起了病人食堂。而病人食堂的主要营养品就是豆腐。政府把黄豆拨到村里，村里做豆腐烧成营养餐供给病人。那时吃咸菜豆腐汤，特别的香，特别的鲜，特别的下饭。现在我也烧了几次咸菜豆腐汤，但怎么也吃不出那时的味道。

现在烧的咸菜豆腐汤，咸菜吃香豆腐不吃香，跟童年时代吃咸菜豆腐汤正好相反。那时是豆腐吃香咸菜不吃香。我家吃咸菜豆腐汤的机会比较多。我父母是做豆腐的，吃豆腐相对方便些。有一次，我父亲烧了一锅咸菜豆腐汤。到中午吃饭时，把锅盖一掀，只剩下咸菜汤了。后来才知道，我父亲一个远房亲戚来买豆腐，见家里没有人，闻到我家咸菜豆腐汤的香味，忍不住馋嘴，把锅盖一掀，用铲子把豆腐全吃了。可见，那时咸菜豆腐汤里的豆腐多有魅力。现代的年轻人一定觉得不可思议。

最常见、最头疼、最不愿意吃的是夏天经常吃的两种汤。一种是酱油冲的神仙汤。名字叫得挺好听、挺诱人的，其实是最简便最没有营养的一种汤。这种汤不用锅烧，只是用开水冲冲，吃饭时有些鲜味和咸味，任务是把白米饭顺利地送下肚子。现在想起来，与其恭维地叫它“神仙汤”，还不如实实在在地叫它“方便汤”。就是这种方便汤，很多村民家做汤时还舍不得放油。第二种是冬瓜汤。冬瓜汤跟“神仙汤”相比进了一大步。夏天地里的冬瓜吃不掉，就可以用来烧冬瓜汤，一烧就是一大锅。冬瓜必须下锅用油炒，这样处理过，喝起来比较有香味。我父亲烧冬瓜汤特别的讲究。他先削去冬瓜皮，再把冬瓜肉切成一块一块的，像五花大肥肉似的。吃起来虽然没有什么特别的味道，但视觉效果挺好。

农村到了炎热的夏天，每年这个时候的猪肉会有十天时间削价促销。我记得是每斤从七角四分降到四角八分。每当到了降价的时候，我就会提醒父母可以买些肉解解馋了。而父亲总是诙谐地笑笑：“冬瓜就是大肥肉呀！”说归说，在猪肉削价的十天里，父亲总会称回二斤肉，但绝对舍不得烧冬瓜汤，而是红烧了给一家人解馋。

那个年代，也不是没有诱人的汤，只是很难吃到罢了。我记忆最深的是大肠汤、肚肺汤、猪脚汤、鲫鱼汤，但这些荤汤是很难吃到的，一般只有随大人到亲朋好友家参加婚宴或寿宴，才能有限地喝到一些。

如今，汤的味道没有变，但时代在变，人们的味觉也在变。现在生活条件好了，荤菜、油腻的吃多了，这时候上一碗水乡的咸菜豆腐汤，大家一定全跷起大拇指：“味道好极了！”

还是原汁原味的好。做人做事都是一个道理。

第五辑　美景瞬间

游一线天

一线天在苏州天平山。在战友的引导下，我带着几个朋友愉快地向天平山进发。那是个秋天的早晨，蓝蓝的天上白云飘，晨风悠悠地吹动路边的树叶，发出沙沙声。车窗全打开，风从窗口吹进来，一阵舒适的凉爽。旧地重游，加上旧友重逢，我就成了主角。我是当兵的出身，讲天平山首先要讲方位。天平山位于苏州市城西 15 公里处，海拔 201 米。天平山因有名人范仲淹的高祖葬在山的东麓，又名范坟山。北宋皇帝曾将天平山赐给范仲淹，也称“赐山”。讲了方位，接着讲名气，讲了名气，我又介绍起天平山的风景。天平山以枫、泉、石为著，并称“天平三绝”。登上天平山顶，极目四望，烟波浩渺的太湖在阳光的照射下波光粼粼。天平山是观太湖的极佳平台，山麓上有成片的枫林，经过秋日霜打之后，层林尽染。那些百年老枫树秀出于林，在“万丈红区”中耸立，犹如一面火红的旗帜。许多高大的百年老枫一个人都抱不过来，据当地文物部门考证，已有近 400 年的历史了。我们去天平山时正是观赏枫叶的好时节。半山有白泉，称为“吴中第一水”，白泉的西部有两片高耸的崖石，对立而拔向天空，如两扇大门相对，俗称龙门，又称“一线天”。这就是我们要看的具有特殊意义的景点。大家的赏景欲望已经被我的介绍调动起来，一个个兴奋不已。

汽车过了上沙林，就到了天平山的脚下。车在天平山停车场停下来后，我们走下车抬头一望，个个惊奇不已。只见乔木森茂，异石林立。天平山巍然恃高，群峰拱揖，给人“与天齐平”之感。关于天平山高峻奇险、突兀云霄的气势，王鏊有诗为证，我当即背诵给大家听：

“亭亭一盖倚苍冥，
俨若端人人自敬。
狮山奔伏象山回，
支硎秦台皆退听。
横山当面横作屏，
背拥蓬华互相映。
林林万石相柱撑，
倚插半天欹不定。”

对于这首诗，没有在苏州工作生活过的人很难听得懂。其实说的都是天平山四周的山名，都很有名气。我的战友从中插了一句：“你们下次全家来，我带你们游王鏊诗中的名山。”

大家一边悠闲地登山，一边品赏山坡上成片的红枫。火红的枫林里会传出潺潺的流水声，那是从山上流出的涓涓溪水。循着溪流而上，一会儿就来到“天平三绝”的半山坡上的白泉水。清泉出自岩山“白云泉”，泉水在古代是由竹筒引入云泉精舍石壁下的钵中。过去也曾称“钵盂泉”。大家围着白云泉仔细品味，有人还用手捧起清澈的泉水往嘴里送，大有一种饮酒的架势。白云泉水的确名不虚传。我建议大家都用手捧一点儿尝尝，味道一定甘甜而令人回味。大家在我的号召下，都捧水品尝，赞不绝口。

我们继续登山。白云泉从石罅中涓涓而出，泻注于绝壁下的小池，声如鸣玉，不时引得我们这些游人掉头张望。我们兴致勃勃地向西山坡攀爬，目标一线天。

天平山的地质结构造就了天平景点。天平山是钾状岩花岗，属断层山，断层倾斜角度近乎垂直。亿万年来，日复一日的风吹雨浊，冰冻日灼，使石体逐步开裂风化，外层不断分解崩落，形成了与众不同的山貌。山上山下，石势雄杰，十万峰石，如屏直矗，嵯峨耸立，似万笏朝天。这样的地质山貌造就了一线天的景观。大家来到一线天的两块对立的山崖的底部，抬头往上一看，真的叹为观止。两岸并峙，若合而通，仅有石梯二十余级。两崖之间仅能容一人侧身登攀。正是中午，太阳已经升上了中天。秋天的阳光虽不那么炙热，但很明亮，从两崖之间的缝隙中射到一线天的地面。抬头往上看，明显的刺眼。我带头往上爬，嘴里不停地数着石梯的数字。大家精神抖擞地跟在我屁股后面往上爬。虽然只有二十多级石梯，但侧着身子，手脚并用，每上一级都很吃力。到了顶上，是一个较大不太平坦的石平台。站在平台上，大家舒了一口气，大有一种豁然开朗的感觉。

极目四处张望，又是一番天地。天平山上嶙峋的怪石比比皆是。细看怪石又形状灵奇，有的似狮蹲虎踞，有的似象舞鹤立，还有的似奔马，不可名状，蔚然壮观，大家纷纷在象形石头前面拍照留影，兴致特别高涨。

枫林、白泉、一线天这三绝都看过后，大家心满意足地下了山。

游过一线天，登过天平山，但愿天平永远在心中。

狮子山远眺

我的新兵连就在运河边，站在营房大门口，往西南方向远眺，首先映入眼帘的就是狮子山。而目光探过运河，朝东北方向望去，也有一座山，也很有名气，叫虎丘。苏州有句俗语，“狮子回头望虎丘”。站在我们营房的门口，算是看得最形象、最逼真。

新兵连训练结束，我被分到榴炮营二连，在任榴炮二连排长后，有机会与侦察班的同志到郊外训练。而西郊的狮子山是我们训练登山观察目标的最佳山峰。刚当兵时是远望狮子山。现在与侦察兵训练，是登上狮子山远眺。狮子山周边不是山丘就是平坦的田地，有公路的地方，公路两边全都种着杉树或杨柳。苏南地区多雨水，土地肥沃湿润。公路边的树木长得特别茂盛。站在狮子山远眺，有公路的地方就像一条青绿色的长龙，看不到头尾，消失在地平线上。

狮子山并不高，因其形酷似狮子而远近闻名。我们营房距狮子山也就三五里地，真可谓近水楼台先得月了，天天可以欣赏那形状酷似狮子的狮子山。远远望去，蓝天白云下，狮子山头在南而尾在北，雄踞在肥沃平坦的大地上。它以连绵不绝的群山为依托，蔚然壮观，气势不凡，让人生出无限联想和登山一睹狮山真容的冲动。侦察班训练观察目标，我往往会把制高点选在狮子山顶茂密的杂草丛中裸露着的岩石上。岩石与岩石之间还会长一些高大的松柏和樟树，树冠也常常是我们选择的观测点。

记得那是春夏之交一个晴朗的下午，天气特别的和煦。我带着侦察班一路走了四五里地登上狮子山顶，浑身上下都被汗浸湿了。刚架好方向盘，一阵风吹来，像在炎夏喝了一杯酸梅汤，爽极了。我通过方向盘观测，狮子山四周景致一览无余，可谓神清气爽。侦察班长是个老兵，经历了几年的军营生活，地图也研究得高人一筹。他建议先观察四周，熟悉周边环境。我先是用方向盘四周观测，然后索性极目远眺，道路、河流、田野、群山尽收眼底，山水之间好一片田园风光。

班长看我远眺东方，久久不肯移目，便提醒我："你用观测镜向东边仔细看，就能看到寒山寺的钟楼尖顶。"

我一边观测，一边背诵着宋人郭附的六言诗：

"狮子山云漠漠，
越来溪水悠悠。
钟到客船未晓，
月与渔火俱愁。
咫尺横塘古塔，
连绵芳草长洲。
一老翛然自在，
时时来系扁舟。"

侦察班长看我一边观测一边背诗，巧妙地说出狮子山东南的景致。我把目光移向狮子山的东南。刚才郭附的诗已经说了，狮山东是横塘，是自古以来的交通枢纽。我透过观测镜，一条一条的马路沿着大运河，绕着横塘山伸向远方。汽车繁忙地奔驰在公路上。横塘山西北山麓一片红彤彤的颜色。我把观测镜调来调去，还是红彤彤的一片。侦察班长把这些地方都走遍了，都熟透了。只见他手往红彤彤一片的横塘西北山坡一指："那里是有名的横塘映山红，可以跟尉光福邓尉山的香雪海比美。"我连连称赞横塘山坡上成片的映山红，果断地选定下次的训练点就在横塘山脉。

我远眺的方向移至横塘之西。黄山隐隐地出现在眼中，青翠的山峰显得深秀迷人。黄山的南边就是上方山，因山上有楞伽寺，又名楞伽山，又因有治平寺，也称治平山。其实，从狮山远眺，看得最醒目的还是楞伽寺塔。塔建于隋大业四年，距今已有1000多年的历史。上方山的东边是名气很大的石湖。石湖碧波荡漾，一片秀美的湖光山色。我在狮山看到上方山与石湖相互映衬的美景。明人归有光说："天下之山，得水而悦；天下之水，得山而止。"远眺东南，上方山依着广阔的石湖水，石湖水绕着巍巍的上方山，那真是一幅美丽醉人的山水画。

狮子山的西南是古镇木渎。西部重镇木渎隐藏在西南群峰之中。远远看去，影影绰绰，是淡青色的一片。远处一望无际的茫茫太湖波光粼粼，帆影点点。正如明人王鏊说的："山与人相见，天将水共浮。"

再往西看，群山连绵，天平山、天池山、支硎山、金山、寒山绵延起伏。狮子山的尾巴的延伸处，叫何山，山势平缓，一片葱绿。远眺东北，就是狮子回头望虎丘了。站在高高的狮子山的峰顶，四处远眺，苏州西部的名胜美景尽收眼底。我十分感慨地对班长说："早在来苏州当兵前，就知上有天堂下有苏杭，现在这一看，才看了苏州的一角，就已经知道苏州的美景有多吸引人了。看来今后得有计划地去饱饱眼福了。"

几十年过去，当年那群风华正茂的年轻人都已年过花甲。我重游狮子山，再登狮子山远眺，狮子山周围的美景已经被高楼大厦包围了，眼前是一派繁闹的现代景象。

漫游铁岭关

到新兵连必须经过枫桥，而枫桥桥头就是苏州古城的重要文物铁岭关。铁岭关原是一座城堡式建筑，但城楼早已损毁。从铺着青石板的枫桥镇古街往西走，拐个小弯，就能看到那尚存的关台，台高 6 米以上，正面宽约 10 米。从关台的规模就可以想见当年整座城堡的雄姿。未到铁岭关，你就能看到铁岭关上古风浓烈的四字隶书："御寇安民"。看到这四个字，仿佛看到当年东洋强盗是如何在铁岭关碰得头破血流的；看到这四个字，似乎能听到当年苏州军民抗击倭寇的战鼓声声；看到这四个字，能深切感到中华民族是一个不可欺侮的伟大民族。作为一名保家卫国的军人，我知道自己肩上的重任，也爱上了铁岭关这保卫家园的著名古战场。

与铁岭关同时建的还有白虎关和青龙关。白虎关建于下津桥东侧南堍。这就是苏州人常说的"三关六码头"中的三关。为了防倭寇，铁岭关、白虎关、青龙关扼守运河，组合成捍卫阊门的三道坚固的城防线。这三关的建筑形式基本相仿，平面呈正方形，面阔 15 米，纵深 10 米左右，以条石为基，城砖砌墙，楼上放置火铳火炮等武器，常驻兵丁巡视瞭望，一旦发现倭寇强行攻关，立即鸣号还击。

明洪武至嘉靖年间，近两百年，我国沿海一直受到倭寇的侵扰。这些“东洋赤佬”生性残忍，所到之处放火杀人，烧毁民居，奸淫妇女，劫夺财物，东南沿海地区的老百姓吃尽了苦头，受尽了磨难。据不完全统计，铁岭关、白虎关、青龙关建关前，仅江浙两省的百姓被倭寇杀害的就达数十万人。苏州是富裕的鱼米之乡，又是人间天堂，更是倭寇首选的掳掠目标之一。当时的苏州人是勇敢而智慧的。我第一次登上铁岭关的平台，四处遥望。我以一个炮兵侦察员的眼光眺望四周，立即明白为什么铁岭关要选址枫桥了。壮观的运河是漕运的主要河流，贯通南北。鱼米之乡盛产的粮米、布匹等物资是国家强大的政治中心的必需物资，也是权力机构和战争常备军的重要后勤保障。枫桥临运河而立，可扼制运河的南北贯通，是运河在苏州的一个重要节点，加之枫桥又是苏州阊门外一等的富庶大镇，物产丰富，倭寇在这里如果得手，将获得极大的物资补给。不让倭寇攻占得逞，只有在枫桥建立一道雄关，将倭寇坚决抵挡在枫桥镇之外。

我站在铁岭关宽旷的平台上，桥下的运河像一条白色的丝带从北向东穿越枫桥，向南匆匆地流淌。运河上的轮机轰鸣声和汽笛声交织在一起，一片喧闹繁华的景象。近处秀美的枫桥显得那么沧桑而古老。枫桥是阊门往枫桥方向的一条内城河上的一座桥，这条河上有十座桥，分别是吊桥、普安桥、文德桥、桐泾桥、白莲桥、马铺桥、来凤桥、汲水桥、枫桥和江村桥。每座桥都出名，每座桥都可以当艺术品来欣赏。沿着阊门往枫桥方向的这条河走一走，你会感受到这十座桥的丰姿风采。但十座桥中最出名的，还是铁岭关旁的这座枫桥。枫桥之所以出名，还是沾了唐代大诗人张继的光。是张继枫桥夜泊触景生情，是张继那首脍炙人口的《枫桥夜泊》使枫桥名扬海内外。枫桥、铁岭关、寒山寺组成了一组美丽的风景图画，让游人流连忘返。

在晚霞的映照下，铁岭关的大平台像涂上了淡淡的红色。我伫立在平台上，望着繁忙的运河上匆匆而过的运输船只，心情难以平静。霞光渐渐地变成了血色，我的眼前浮现出当年抗击倭寇的激战景象。史料记载，铁岭关抗击倭寇保卫苏州的战斗是相当残酷、相当惨烈的。当年的倭寇不是一般的无名鼠辈，而是一帮有组织的野蛮的暴徒。他们“呀呀呀”怪叫着，架起云梯，轮番冲击，强行攻关。大刀和镜子是他们的主要装备，他们让东南沿海的百姓吃尽了苦头。这帮倭寇一个个右手执刀，左手擎镜，蜂拥而上。左手的镜子在太阳光下不停地反光，把关上的守兵照得眼花缭乱、昏头昏脑。倭寇熟练地把大刀舞得呼呼旋转……守兵真没有见过这架势。倭寇洋洋得意，把舞刀称之为“蝴蝶阵”。靠着“反光镜”和“蝴蝶阵”，这帮倭寇从浙江一路猛打猛杀到苏州，但到了这神圣的铁岭关前，他们碰得头破血流。当年的铁岭关台上战旗猎猎，楼廊周围的箭孔和炮眼后面，苏州军民同仇敌忾，严阵以待，警惕的眼睛瞪得滚圆，弓弦拉得紧绷绷的，箭在弦上，一尊尊土炮的膛里都填满了碎铁卵石，只等点燃火药，便是惊天动地的怒吼。历史有记载的倭寇三次进攻苏州，都被苏州铁岭关守军杀得鬼哭狼嚎，落荒而逃。守军有时也放寇进瓮，关门打狗，将倭寇一网打尽。最顽强的铁岭关保卫战，多次告捷，打得倭寇元气大伤，再也不敢骚扰苏州。铁岭关是苏州军民抵抗外敌的见证！

夜幕降临，满城灯火明亮，夜色下的苏州城显得格外亮丽。这时，站在平坦的关台上，阵阵河风吹拂着静静的铁岭关。枫桥侧畔新开通的运河上，在河边路灯的映照下，篙影橹声，帆樯如林。虽是夜色浓郁，但市镇与运河仍然静不下来。倒是寒山寺悠扬的钟声提醒我，到了回营房的时间。我从铁岭关平台上走下来，沿着枫桥大街上清亮的条石路往营房走，耳边似乎还荡漾着明时抗倭的厮杀声。我为来到苏州、来到铁岭关当兵而感到无比的自豪和骄傲！

寒山寺钟声

从师部分兵到枫桥，过了西园，前面不远处就是寒山寺。当当当当的钟声，一声接着一声有节奏地传来，特别富有诗意。

“这就是寒山寺的钟声！你们真有福气，人未到寒山寺，欢迎的钟声早已传来！”新兵连长提醒大家，“新兵连就在寒山寺对面的运河西岸，这钟声会经常在你们耳边响起。”

我们的队伍一阵躁动，大家明显地兴奋起来，步子似乎迈得更有力。不一会儿，我们走过华盛造纸厂气派的大门口，从密密的梧桐树枝中望见西边寒山寺正殿的单檐歇山顶，古朴精美，飞甍崇脊，据角舒展。我们的队伍沿着寒山寺鹅黄色的厚厚围墙转了一个弯，跨过现代建造的运河上的平坦公路桥，听着运河上传来的震耳的轮机声，往营房走去。

一个刚下过大雪的周日上午，天气晴朗。我约了几个老乡战友，兴致勃勃地去寒山寺。刚出营区大门，就听到不远处寒山寺传来的悠扬的钟声。这是游客在撞钟。寒山寺始建于南朝梁代天监年间，距今已有1400余年的历史，初名“妙利普明塔院”，唐代高僧寒山、拾得曾住持于此，更名为寒山寺。千百年来，寒山寺屡遭火灾，屡毁屡建，最后一次重建是在清光绪年间。我跨进庄严肃穆的寺门，一眼就可以看到寺内合理的建筑格局。

我在战友老乡中算是有些文化，理所当然地当起了导游。其实，也就是到苏州后买到旅游景点介绍的书，刚读过寒山寺的简介，现炒现卖罢了。有些景点与介绍，我讲解时自己都对不上号。有一个战友性子急，想直接去寒山寺钟楼看钟。我没有听他的，因为我知道寒山寺虽然占地面积不大，但景点内涵丰富，得一步一步向前，一步一步品赏。

先游藏经楼。藏经楼内建有拾得殿，这里塑有寒山、拾得的石刻像。寒山、拾得是寒山寺的开寺功臣，得先游先拜。再说殿内古代名人书法，那可是名扬海内外、难得一见的珍品。南宋书法家张即之手书的《金刚般若波罗蜜经》苍劲英武，魏碑之神跃然纸上。董其昌、毕懋康、林则徐、俞樾等著名书法家都在《金刚般若波罗蜜经》上题跋，都是书法精品。

从藏经楼出来，我领着大家看寺内碑廊。碑廊在全国算不上有规模。比较出名的碑林在西安，镇江的焦山碑林也比较有名气。但寒山寺的书法长廊也是名家荟萃，这里也是寒山寺内最有文化的胜景。王硅、文徵明、俞樾等书法大家的手迹令人高山仰止。现代名家范曾等人的书道也各有千秋。我们这些刚从乡下走进城里的乡巴佬儿看不懂，更谈不上欣赏，所以用走马观花来形容比较确切。我算是对文学有些爱好，但也看不懂。

于是我们还是直奔主题，去看寒山寺的大钟。哪怕花几毛钱，也撞它几声，撞撞好运。藏经楼南侧就是钟楼。威严高大的铜钟悬挂于钟楼之内。那时是 1976 年底，寒山寺撞钟只需游客付点香火钱。据说，1979 年除夕之夜，寒山寺撞钟活动已成为有组织的活动，至今已经连续举办了 30 多届，那古钟可不是一般人能撞得起的。我们是幸运的，每人几毛钱，都亲手撞了三下。悠扬的钟声传向四面八方。

伴着悠扬的寒山寺钟声，拾级登上钟楼最高处。寒山寺钟楼是苏州城西一带标志性的建筑，实际就是一座可以登顶的塔楼。登高远望，附近的枫桥、铁岭关、繁忙的运河，以及现代公路上大大小小的汽车尽收眼底。大家长舒一口气，大有一种登高远望的满足感。我在想，这种满足感恐怕还是那撞钟发出的动听的钟声带来的。钟声不仅动听，而且神奇。

寒山寺全国知名，其名气就在于钟。在寒山寺殿后，有一块高耸的太湖石，非常华美、庄重，上书三个有力的大字“观音峰”。观音峰旁边挂有清代古钟一口。古钟是寒山寺的镇寺之宝。

因古钟而得名，还不得不提那首老少皆能背得出的诗——《枫桥夜泊》。唐玄宗天宝年间，正值安史之乱，诗人张继为避祸乱，南下苏州，泊舟姑苏城西的寒山寺外枫桥下。当时月色隐隐，寒鸦苦啼，霜冷露凝，渔火点点。夜间，寒山寺的钟声响起，引发了诗人的阵阵乡愁，《枫桥夜泊》一经吟出，千载流传。不但诗出了名，更把寒山寺和枫桥的妙境传向四面八方。人们追思向往，寺内常年香客迎门，游人蜂至。那首诗我什么时候都能背出来：

月落乌啼霜满天，
江枫渔火对愁眠。
姑苏城外寒山寺，
夜半钟声到客船。

在苏州，我印象最深的就是张继的诗和寒山寺的钟声。

三千年宜侯

“宜侯夨簋”在镇江大港的出土，使镇江有文字可考的历史追溯到3000年前。

这件国家一级文物出土是一个偶然的机会。1954年的夏天，天气热得特别早。大港聂家村的农民在烟墩山耕地时，耕到了一座古墓，并在古墓中发现了许多青铜器。后来报告了政府，文物部门随即进行了抢救性挖掘。这次挖掘收获颇丰，光青铜器就有12件，其中最有研究价值的是“宜侯夨簋”。它的重要价值在于这是镇江地区最早的历史文献，距今已有3000年历史。“宜侯夨簋”的出土引起了全国的轰动。当年著名历史学家郭沫若、唐兰经过认真考证认为，宜是大地名，侯是封号，夨是人名，簋是圆口两耳的器具。

当年出土“宜侯夨簋”时，由于耕作不小心，铭文在夨簋的内底，出土时已经破碎，虽经文物专家仔细修复，但仍缺一些关键性的字。这里，我把释文依行款写出来，让大家来个奇文共赏：

惟四月辰在丁未，王省武王，成王伐商图，遂省东或（国）图。王卜于宜口土南。王令虞侯夨曰：迁　侯於宜。锡〔 〕鬯一卣、商瓒一口，彤弓一，彤矢百，旅弓十，旅矢千。锡土：厥川三百……，厥……百又……，厥宅邑三十又五，〔厥〕……百又四十。锡在宜王人〔十〕又七裹。锡奠七伯，厥〔庐〕〔千〕又五十夫。锡宜庶人六百又……六夫。宜侯大扬王休，作虞公父丁尊。

这件簋的出土，它的珍贵从文字中可以看到，这是大港地区发现的唯一详记分封诸侯的金文。周王命虞侯夨“迁侯於宜”，说明不是初封，而是徙封，或者说迁国。虞侯夨的迁移，不能简单理解为本人调动到宜。铭文中已经说明，周王赏赐的物品足见其身份很高。宜的地位铭文中说得很清楚，宜属于东周范围。锡土把川列在首位，正合于苏南水道纵横的自然风貌。大港烟墩山因“宜侯夨簋”的出土而闻名。

我曾经多次陪文物部门去过烟墩山，但那里没有旅游开发，只有江苏镇江人民政府立的一块文物保护的石牌孤零零地竖在那里。那些来现场考察的专家学者对铭文的了解要比我们这些当地的官员更多。他们在烟墩山“宜侯夨簋”遗址考察后，在交流中讲起了铭文的含义，讲起了从铭文中推测出来的 3000 年前的故事，让我们这些大港人听得津津有味。

铭文的大意是说在四月的丁未这天，（康）王率领夨等在宗庙里瞻仰周武王、成王讨伐商朝的壁画，又看了东征的图画。（康）王便在宜地的宗庙里把原来封为虞侯的夨改封为宜侯，并赏赐他酒器、弓矢等武器；赐给他土地、城镇 35 处；还赐给他在宜地的殷朝王人十七姓（族），在宜地庶人即耕作奴隶 616 夫（户），赐甸人 700。夨为了感谢王恩，纪念他的父亲虞公叔达，做了这件器具。“宜侯夨簋”铭文既记载了周康王时的大封典，也记录了宜地的历史。它将镇江有文献记载的历史推到了

3000年。

宜侯就是周章。说到周章，没有几个人能说出那段历史。因为在介绍“宜侯夨簋”之前，我到处翻找资料，在《镇江传说掌故集锦》这本书中，对周章的介绍很清楚。书中说，公元前1020年至公元前996年为西周康王年代。周康王封镇江地方为宜。宜的最高统治者是“夨”，即周章。周章是泰伯、仲雍的第五代孙辈。镇江的开发，最早可上溯到泰伯和仲雍。西周时期，周太王古公亶父生有三个儿子，长子泰伯，次子仲雍，幼子季历。大王有意传位于幼子季历，但这样做又恐违背当时的礼制，于是伯泰、仲雍决定主动让贤。兄弟二人谎称到南方去为有病的父亲采药，从今陕西岐山下的周原，不远千里长途跋涉，来到当时被称为荆蛮之地的长江中下游地区，并且文身断发，入乡随俗，与当地土著荆蛮人结合在一起。泰伯、仲雍带来中原文化和生产技术，得到荆蛮人的敬崇，尊立为王，号为勾吴。泰伯没有儿子，死后由弟仲雍接位。仲雍卒，子季简立，季简卒，子叔达立，叔达卒，子周章立。由于周章东征有功，周成王封他为虞侯，周康王时代又将镇江一带叫宜的地方封赏给周章，同时还封了大批礼器、武器和奴隶，周章便成了宜侯，在镇江一带进行开拓治理。

在新区，“三千年宜侯”的宜成为商品名称，路人经常见到。宜禾服饰有限公司、宜侯路、宜园、宜侯面店、宜侯酒店等，凡是带了宜字，似乎就变得吉利和顺当。这不奇怪，宜本身就是适宜、顺当的意思。后来，新区文化部门做了“宜侯夨簋”的文章。他们请有关部门设计，将宜侯夨簋复制成各种规格的复制品，包装十分精美。于是“宜侯夨簋”就成了礼品，来自四面八方的客人又将其带往四面八方。大港开发区的名气也随着“宜侯夨簋”这位使者传向全国，传向全世界。

宜侯传承了3000年。宜就是顺。大港这里就是一帆风顺的理想起锚地！

古刹绍隆寺

“游罢金山游绍隆，有头有尾福寿全。”这是镇江导游常挂在嘴边的一句劝游人到古刹绍隆寺看看的口头广告语。

原来绍隆禅院是金山江天禅寺的下院。绍隆寺与江天禅寺有着亲戚般的紧密关系。只是金山闻名遐迩，名气太大，绍隆禅寺地处深山老林之中，加之交通不便，因此鲜为人知。其实绍隆禅院与江天禅寺是一乡一城，一东一西，各有特色，各有千秋。可以毫不夸张地说，两寺是遥相呼应，交相生辉。

古刹绍隆寺，不但古老，而且有名，特别神奇。整个寺庙就建在龙头之上。

说绍隆寺古，可以追溯到唐代。滚滚的长江水浩浩荡荡向东流去。那时的入海口还在五峰山往东不远。汹涌的长江水流到五峰山脚下后，拼命地冲刷五峰山下的岩石。但岩石十分坚固。长江水只能在五峰山与圌山附近拐个弯，然后不知疲倦地继续往东流。这一拐弯，给五峰山与圌山造出了一幅绝伦的山水画图，气势磅礴。真可谓滚滚长江东逝，一山障流而立。峰峦横亘，峭崖突兀，巍巍圌山便赫然屹立在浩浩东流的长江边。五峰山、圌山紧连一线，呈龙形山体，虬然蛰伏。在这江山宏广、气象万千的深山中，唐代高僧选中五峰山与圌山连接处建起了寺庙，这就不足为奇了。因为自古寺庙的选址都在人间最清静、最秀丽、最有气势的地方。史料记载虽不太详细，但绍隆寺始建于唐代宝历年间，也就是公元825年，这是有据可查的事实。到了宋绍兴年间，绍隆寺又大规模重建，后又被毁。到了明朝初年，经比丘尼募化，于万历年间又重新修建，并改名为“灵觉寺”。

绍隆寺不但古，而且有名。别看绍隆寺这千年古刹耸立于蜿蜒起伏的五峰山子麓，点缀在叠翠峰峦之间，其景色之美，气势之壮，连皇帝都要来寺中一游。寺院坐落在绿树掩映的深山之中，那茂林修竹，潺潺流水，黄墙碧瓦，袅袅香烟，晨钟暮鼓，悠悠清音；那庄严肃穆的佛像，那遥远的传说，悠悠的思古之情，尽在游人的脑海中荡漾。

康熙帝南巡，亲自为该寺题写了“灵觉宝寺”的匾额，并御赐铜毗卢佛像、铜观音像、藏经等物。绍隆寺名气越来越大。

第一次游绍隆寺，在觐云方丈的陪同下，我带着一百分的好奇，围绕着“龙”字，仔仔细细地游览了一遍，真感到不可思议。觐云方丈活灵活现的介绍，让我仿佛身临龙境一般。

进了绍隆寺的大门，就看到四棵巨大的香樟树。正对大门的香樟树，得两个人才能勉强环抱过来。那树冠足有半亩地大的覆盖面，可见其古老。觐云方丈介绍完这几棵大树后，指着循山坡而建的寺庙群楼说：“整个绍隆寺就是一把太师椅。”他面对东边的藏经楼，手指着西边顺势而下的小山脉说：“绍隆寺背靠五峰山麓，庙里的建筑楼群顺着山坡逐级而上，两边的山脉就像太师椅的两个扶手。我们绍隆寺就建在这两条逐渐而下的山脉之间。这绍隆寺不仅像把太师椅，而且是一条真龙，有鼻有眼，有头有尾。不信，等上了藏经楼的平台，我细细地说给你们听。”

我的好奇心驱使我加快步伐，来到了藏经楼下，认真地游览绍隆寺这条“龙”。

我们先来到藏经楼下的“龙鼻”之处。站在这里，头微微往上仰，或左右细看，猛一看，还真看不出“龙庙”真面目。但经觐云方丈一一指点，一条活灵活现的真龙便呈现在我的面前。在藏经楼的左右，各生长着一棵千年血榉，北边的一棵生机勃勃，枝叶繁茂。血榉有水桶一般粗，站在龙鼻下仰望，显得特别挺拔高大。南边的血榉在“文革”中因寺庙无人管理，加之红卫兵“破四旧”，被砸得一塌糊涂，血榉枯干而死。粗壮的树干日晒雨淋，腐蚀蛀空。说到这棵榉树，觐云大师有意卖关子，停顿了一下说：“我先把‘龙’的形象说个大概，待会到茶室给你说些‘龙’的传奇故事。”他用手指着面前一块悬挂着的巨石问我：“你看这块突兀的巨石，像不像龙的‘鼻子’？”我仔细一琢磨，还真像那么回事。其实，听了觐云方丈的介绍，真的是龙的每个部位都不少。寺前原来有两个小土地庙，那就是龙的“脚印”，刚才说到的两棵血榉是“龙角”，在他的左右各有一眼深井，这深井水很清澈，不管什么年代，无论是干旱还是下雨，里面的水总是这么高，总是这么清。藏经楼左右两边都有下坡的台阶。台阶呈弧形，细细一看，活脱脱的“龙须”，还有一种说不出的飘逸感。至于“龙身”，就压在五峰山下，“龙尾”则藏于长江里。最活脱脱的、最有形象感的是站在长江里的台阶上往西南三里之外远眺，横山呈半圆形状出现在我的眼前。横山就是绍隆寺这龙嘴里吐出来的一颗灿灿的绿茵茵的明珠。绍隆寺庙活灵活现龙的形象在我的眼前欢快地舞动起来。我随着觐云方丈拾级而上，逐一欣赏，回味无穷。这深山古刹不但古老，而且奇妙深奥。

绍隆禅寺，有“隆”（龙）则兴。神奇之处也伴随着绍隆寺兴盛的香火传得越来越鲜活，越来越奇妙。在绍隆寺藏经楼后面的佛堂中央，有一块比八仙桌略大一些的地方，每年以大约1厘米的速度隆起，使得铺在上面的水泥块状地砖自然升高，形成“馒头势”。觐云方丈带我们参观时，特意令人敲响禅钟，让我们一行从北往南，缓缓地走过这块“馒头地”。据说，凡是从“龙舌”上走过的人，均被保佑平安。因为这块地是活地，每隔一二十年，就要铲一次土，否则周边支撑的木柱都会被隆起的地面挤压移位。但是铲土后，它会缓慢地长高，过不了十几年，又悄然隆起。这是一种非常罕见的奇特的地质现象，无数的善男信女为之倾倒。因为在信徒们的心里，“隆地”就是“龙地”。在绍隆寺，人们称这个地方为“龙舌”。这也是觐云方丈为游客讲解时最为自豪的地方。

其实，绍隆寺与“龙”有关的神奇之处还有“龙眼”“龙角”。世代相传，在寺院东北角那口水井里，隐居着东海飞来的一条神龙。每当绍隆寺做法会时，随着悠扬的钟声，铿锵的鼓乐声便会响彻寺庙上空，神龙就会从清澈的井水里浮出水面，倾听法会带来的美妙的经文梵音。1983 年，绍隆寺重新修缮开放，并被江苏省人民政府列为对外开放的全省十大主要寺庙之一。奇迹出现了，在寺院东南角，枯萎发白的树上长出了新芽，并越长越大，枝叶繁茂。这在镇江乃至全省都被传为奇迹，真正是枯木逢春。更为奇异的是，20 年后，遇特大干旱，新长的树枝又枯死了，但是第二年，在血榉枯萎的树洞中长出了一棵桑树，而且越长越茂盛。现在树干已经长得小腿般粗了，看来这是新的“龙角”了。但绍隆寺周边没有一棵桑树，在五峰山周边也仅此一棵，这又是一奇特之处。

绍隆寺真奇，爱猎奇者去观之，绝不会失望。

秀美北固湾

2014年的冬天，我搬到了北固湾小区。记得是2015年的春节刚过，我抱着孙女从北固湾小区南大门出来往西走。现在都时兴早教，我有意引导小孙女熟悉环境。我用手指着西边起伏至江边的山峦问：“那高高的地方是什么呀？”

“北固山！”

“那山上的楼房是什么呀？”

“北固楼！”

“那北固楼下的一片绿色是什么呀？”

“北固树！”

我忍不住笑了起来，但我不纠正她。这时我们已经来到了江月楼酒店的入口处。这里有一个20多平方米的栈桥平台。弯弯的栈桥拐了两个弯，从北固山崖下一直往西延伸，消失在茫茫的湖面上。已近傍晚，在夕阳的映照下，湖面泛起粼粼的波光。我把小孙女放下来，站在栈桥平台的西边，一手扶着栏杆，一手搀着小孙女，对着夕阳下泛光的湖面问：

“这是什么湖？”

“北固湖！”她大声回答。

我爽朗地笑起来：“你就知道北固两个字。”她才两岁刚过，怎么能批评她呢！我耐心地指着半月形的湖面说：“这里是北湖的一部分，北湖就算镇江北边的湖。北湖到了北固山形成一个凹形，像半个月亮似的。因为在北固山下，所以叫北固湾。记住，这就是北固湾，爷爷家就住在北固湾附近。”尽管是对牛弹琴，但小孙女记住了北固湾。小孙女后来说起爷爷家住的地方，总是这样说：“爷爷家住在北固湾，北固湾边有北固山，北固山有北固楼，看到北固楼就能找到爷爷家了。”

住到北固湾小区虽然不到两年，但漫步北固湾，这里的四季景色真让我陶醉了。

2014 年春节前，一场冬雪纷纷扬扬下了一天一夜。第二天中午，风停了，雪也止住。我望着外面雪后初晴的大地，跟爱人提议去湖湾边看雪景。我们踩着积雪，顺着湖中沿北固山的栈道悠闲地散步。湖湾只剩下枯叶的芦苇秆，芦苇秆上的芦花在微微的湖风中摇曳，芦花飘下来，伴着雪花无声无息地落入湖水中。风一阵一阵轻轻地吹，芦苇荡里的积雪会从芦秆芦叶上成小块地掉进湖水中，惊起一群野鸟扑棱着翅膀仓促逃离芦苇荡，飞向远处抹着白雪的树丛中。

春天的北固湾别有一番景象。初春的早晨，沿河湾岸边的各种绿化树陆续苏醒了。当湖面上的野鸭三五成群地戏水时，岸边整排垂下的密密瘦长的枝条就呈现淡淡的茵绿，这绿色慢慢地变得清晰起来，柳树在晨风吹拂下，也由淡绿变成深绿，长条形的树枝有序地冒出了米粒大小的绿芽。当绿芽发育到能看出青翠翠的柳叶时，岸边的香樟、水杉、桂花、玉兰、石榴、夹竹桃、榆树、迎春等园林树木就开始发青了。

岸边的绿化设计是独具匠心的。在滨湖湾的绿化带中，就有樱花园、桃园、梨园、丁香园等园中园。最醒目的是樱花园，樱花盛开时节那就是花的海洋，樱花树皮呈紫褐色，花叶互生，表面深绿色，有光泽。在一片绿叶子中，红色、白色的樱花，与叶同放，花色幽香艳丽。在湖湾不远处，有一个不到一亩地大的湖岛，岛上栽满了桃树、梨树。春雨霏霏，岛上红艳艳的桃花像一片小小的花海，梨花带雨，花色艳丽。成群的野鸭不知是不是循香而至，反正一阵春雨过后，盛开着桃花、梨花的小岛四周的湖面上游弋着一群群的野鸭。有时，我边散步，边数野鸭，但数来数去，不是多出几只，就是突然间消失一群。野鸭会潜水，一不留神，就潜进春波荡漾的湖水中，又不知不觉地从另一处水面冒出来。春天的北固湾留给我的印象就是花的海洋。

到了春夏之交，那五彩缤纷的花海，那沁人心脾的香气，让你仿佛漫步在仙境中。最火红的是石榴。在湖湾岸边的绿化带中，隔不多远就是一蓬石榴树。单个的石榴花红得像火苗，有些石榴花簇拥在一起，竞相开放，像燃起的篝火。爬墙梅、紫薇藤蔓缠绕在小区的铁栅栏上，各色各样的花盛开起来，喷出诱人的香味。

夏天的北固湾别有一番景象。湖湾边高大的樟树、桑树、栾树、银杏、水杉、榉树、玉兰、槐树等耸立在园圃中，特别引人注目。夏天是阳光充足、雨水充沛的季节，这些树木吮吸甘露、晒足阳光，拼着命地生长。树干长高了，树冠长宽了，树叶郁郁葱葱，给人一种挺拔向上的骄人态势，大有一种湖边卫士的惊人风貌。夏天的河湾边，菖蒲一簇簇地挤在水葫芦环绕的水岸边，碧绿的叶子像一把把利剑似的挺拔地立在那里。清晨漫步，有时会看到摇动中的剑叶上停着漂亮的花蜻蜓。早晨的阳光映在蜻蜓薄薄的翅膀上，那透亮的翅膀像一片薄薄的玉片，晶莹剔透。镇江沿江岸边盛产芦苇，滚滚的江水伴着岸边水丛中的成片芦苇，十分壮观。每一株芦苇都静享着夏天早晨阳光的沐浴，显得那么挺拔，那么富有气息。

徐徐的湖风吹来，芦苇似浪起伏，生机勃勃，飒飒之风，委婉抒情，充满活力。漫步在芦苇丛岸边，我情不自禁地哼起了《诗经·蒹葭》中的动人诗句："蒹葭苍苍，白露为霜。所谓伊人，在水一方。溯洄从之，道阻且长。溯游从之，宛在水中央……"诗中写的是深秋的芦花，而我眼前的芦花却是另一番景象，生机勃勃，充满活力。在河湾边散步时，我们会看到芦苇丛中的鱼类在撒籽时搅动起水涡，一圈圈的涟漪不紧不慢地往水面扩散。时代变了，眼前的芦苇、眼前的芦花就像我们所处的年代，正在充满活力地发展着。"在水一方"定会成为人人向往、宜居宜乐的美丽居所。

炎热的夏天过去，凉爽的秋天就来到了北固湾。秋天的北固湾没有丰收的果实，但你若晚上来北固湾岸边散步，那美丽多彩的灯光会令你流连忘返。如果赶上明月高悬，那轻纱般的月光从一碧如洗的深蓝色天空中映照下来，岸边的北固楼、宝鼎、园圃、栈桥全沐浴在淡淡的月色中。园林亮化又给这月色中的北固湾增添了更加绚丽的风光。北固楼的翘角飞檐被灯光映亮，在高高的北固山顶显得更加亮丽。宝鼎下面的台阶一圈圈地从湖岸边直通宝鼎脚下的太平谷。那一圈圈台阶缠绕着闪动的红蓝颜色灯带。栈桥近水的轮廓线由灯带显示出来。灯带是流动的灯光，映在平静的湖面上，让人感觉仿佛到了人间仙境。走在栈桥上，只要一抬头，就能见到湖岸不远处霓虹灯映照下的高耸的大楼轮廓线。

我爱北固山，更爱北固湾。

五峰山风光

其实，圌山山美，五峰山山也美。圌山有报恩塔，因长江第一塔而闻名，五峰山有高耸的过江铁塔，也因长江过江最高塔而载入史册。第一次登五峰山，五峰山的风光就深深地吸引了我，让我登山的欲望愈加强烈。此时我还没有登过圌山，无法将五峰山的风光与圌山的美景进行比较。但我可以这样说，五峰山的风光尽管自然形成，没有开发，但在江南的名山中肯定会有一席之地。

第一次登五峰山是初春一个晴朗的中午。几个有体育锻炼习惯的同事相约来到五峰山下。往五峰山去的路上，透过车窗，首先映入眼帘的是圌山上的报恩塔。圌山脚下有一条环山公路，沿着公路走不到三四里路，就能看到五峰山上的过江铁塔。过江铁塔耸立在五峰山上最西边的一个山头上。中午的太阳泛着白色的光，过江铁塔在春天阳光照射下，显得特别的高耸，特别的威武。五峰山与圌山其实是连在一起的，中间一条土石路将两山分开了。到了五峰山过江铁塔的山脚下，首先看到的是千年古刹绍隆寺。庙门不大，但门楣上的“绍隆禅寺”四个大字在春光中显得熠熠生辉。汽车从绍隆寺门前的土路上一路扬起尘土往东开去，翻过一道小小的山岗，就来到了五峰山下进山的柏油小山路。从这里上山虽然山道弯弯，但路面比较平坦。我们将车子停在山脚边的一块不太平整的草地上，沿着柏油铺就的过江铁塔专用山路一步一步顺着山势往五峰山顶进军。

柏油路顺着山势绕过两个弯坡，来到一块只有几十平方米的坡地。这里是登山途中第一块坡地，相对平坦，从这里往四周看，视野就开阔起来。远处是浩浩长江从五峰山下甩过来，往东北方向匆匆流去，江面上来往的大轮船，高高的烟囱吐着乳白色的烟柱直升天空，随风飘动，慢慢地扩散，逐渐与空中飘动的云朵混合起来，飘向遥远的地方。江轮不时鸣响沉闷的笛声。这笛声在江岸边的五峰山坡上听起来并不太响，但笛声悠沉，传得很远很远。

我们离开坡地，继续往山上行进。山上的路是平的，但是相对还是更陡一些。有些地方看着很近，走起来却要费一点儿时间。我们边聊边走，也不觉时间流逝，不一会儿就到了半山腰。在我们左前方，有一棵高大的梧桐树。树干很粗壮，跟大木桶似的。树干不太高，大约两米，往上又分了三叉，每叉树干也很粗，像一把撑开的巨伞。我望着近在咫尺的高大的梧桐树，加快了步子。我这人好奇心重，我倒要看看这么粗、这么高的树在这荒石岭上是怎么生根的。谁知走到树下竟然花了近十分钟。环山路连绕了三个弯子。第一个弯子往下坡而去，到了一个山崖边拐个弯往上，走了一段路后又往下，再绕一圈，来了个螺旋式上升。到了树下，倒是一片绿荫，我的额头上已经沁出了汗珠。我掏出手帕边擦汗边观察，这树长得还真特别：树根就扎在山坡的一块大石头的边上，从山上流下来的泥和水被大石头挡住，形成了一个天然的树坛。难怪这梧桐树长得这么大，这么挺拔，这么茂盛。我们站在树下，极目向东南方向遥望，又是一幅图画：巍巍圌山蜿蜒起伏，一排气势磅礴的高压线走廊从五峰山上甩下来，沿着圌山的南麓一路往东，消失在雾霭缭绕的山峦之中。报恩塔像一把没有点燃的火炬隐隐地屹立在圌山最高峰。我把目光从远处的画景中收回来，和同事们继续沿路往上走。这条路是供电部门修过江铁塔时修建的，应该是上山的捷径。我边走边四下观看。这一看才发现，上山的路很多，有些地方还可以走近路。但毕竟是第一次登五峰山，不敢往密林悬崖深处的小路去抄近道，迷了路就会影响下午上班。走柏油路不到半小时就接近五峰山顶了。

越靠近山顶，树木越葱茏繁茂，像原始森林一般。这柏油路的宽度够两台车会车，两边的杂草杂树肆无忌惮地疯长，给路的上方盖起了一座天然的顶棚。春天温暖的阳光从枝丛中、从叶片间透到路面上。我们踏着各种各样造型的"幻灯片"，循着路径连续盘绕几个弯子来到了五峰山顶。在已被削平的最西边的五峰山的四峰与五峰之间，有一条长长的山脊，南边是比较陡峭长着各种杂树和毛竹的岗坡，北边是个大峡谷，峡谷把五峰与四峰生生地切开了。这大峡谷在南方的山区很少见到。我朝远处一看，江水滔滔，江鸥飞翔；朝下一看，深不见底，令人目眩。站在岩边，一阵阵江风吹来，让人感到晕眩，脚下发软，有点站不稳似的。我赶紧往路中间靠靠，站定之后，抬头往高处眺望。耸立在眼前的第四峰不是最高的，但特别险峻，层峰峭壁，奇石嶙峋，祥云在山尖上缭绕，松涛在山隙间鸣响，真有一种到了一处摄人心魄的人间仙境之感。

下山应该是轻松的。想不到走到大峡谷，边走边欣赏第四峰时，竟然有了意外，是一幅崖画，仔细一看，一群形态各异的狮子以各种动态的姿势留下了一瞬间。这是一幅逼真的群狮图，是大自然的鬼斧神工。靠五峰这边的一只高高的额头，大大的眼睛，挺直的鼻子，抿着嘴巴，尖尖的下巴，面容酷似人脸的狮子，一副严肃的沉思状；第二只正歪头打瞌睡，仅露出一侧脑袋；第三只狮子是个侧面像，最引人注目的是那只眯着的眼睛和那张抿起来的大嘴，线条如此分明，显出百兽之王的威猛；第四只狮子正面对着我们，一副悠闲恬适的神态。它们站立的姿势是那么有力，腿部的关节都清晰可见。那些绿茸茸的古松，不高不矮，不多不少，长在它们头上，仿佛是它们漂亮的鬃毛。在人面狮子的西侧，还有两只小狮子，匍匐在地，好像有些胆小地躲在一块壁立的大岩石后面，神态可掬，玲珑可爱。我的好友镇江市作协主席蔡永祥曾拍过一张照片，从照片上看，更加形象。他就是这样描写的。

这可是五峰山风光中的龙眼。

巍巍圌山塔

万里长江第一塔，
云开高耸气冠吴。
雄踞君临增华美，
点染江山若画图。
北望广陵衣带水，
西临京口玉沉浮。
报恩独造家乡福，
贤杰观阳载史书。

这是当代诗人王冰登上圌山顶峰欣赏圌山塔后诗兴大发作的一首描写圌山塔最形象的七律诗。这首诗把塔的雄姿、塔的地位、塔的方位以及建塔的功绩者都一一描绘。圌山塔又名报恩塔。圌山历来是万里长江的门户，而圌山塔则是门户钥匙。从吴淞口溯江而上，至此才能见到第一座矗立在高山之巅的宝塔。因此，拥有“万里长江第一塔”的美誉。圌山塔1986年被首批列入县级文物保护单位，并由中国古塔专著收录。

我被调到大港工作，报到的第一天见到的第一景就是圌山塔。春节过后，大港的工作也基本熟悉。一个周六的上午，正是仲春时节，江风与山风混合在一起吹过来，身上明显感到有些暖意。春天的气息已经在杨柳树上的绿芽中透出浓浓的香气，鸟儿的叫声显得那么欢快。

我们一行从圌山南麓登山。驱车来到捆山河边，沿着圌山脚下蜿蜒曲折的山道，穿过茂密翠绿的竹海松林，来到山腰处一大片梨花林。正是“千树万树梨花开”的时节，花香四溢。从松林竹海再顺山间小道往上爬，一会就到了“西林寺”庙。十年内乱，这所古庙已经遭到严重损坏，迄今只剩下几间空空荡荡的庙宇。离开“西林寺”拾级而上，拐过几十道陡坡险崖，便登上圌山顶峰。这时眼前一片空旷，真是“一览众山小”的感觉。首先映入眼帘的是一座雄伟壮观的宝塔，似一柄利剑直刺青天。天边的云彩走马灯似的移动，太阳不知什么时候从云彩的缝隙中透出脸庞，洒下一片灿烂的阳光，让宝塔、青松、山石全沐浴其中。站在圌山塔下，极目远眺，四周环顾，别有一番景致，镇江东乡的景色尽收眼底：南边是一望无垠的绿色田野；西边是一片厂区；东边是一座古色古味的大路镇街；北边的万里长江像一条白色的带子，一路往东甩过去，看到的只是隐隐的天际线。

圌山塔又名报恩塔，这里还有一段带有传奇色彩的故事。圌山塔已有360多年的历史。1961年，镇江市博物馆挖掘出土的铜盒“圌山镇塔宝藏”文物考证：圌山塔是明代崇祯七年八月吏部稽勋清史司郎中郡人陈观阳集资建造。这陈观阳之所以在圌山高达258米的主峰建造圌山塔，主要是为了报恩。

陈观阳是从圌山济南和尚那里得到指点高中进士，后封官为都督。上任不久，他想起圌山楞严寺中的恩师济南和尚，顿生报恩之念。过了些日子，他带了厚礼来到楞严寺，问了庙中的僧人才知恩师已经仙逝。陈观阳为了报答恩师，日夜思考，最后作出决定，用自己的俸禄兴建一座宝塔。他记得圌山的主峰很高，如果在主峰上建一座塔，方圆几十里的人都能看到。陈观阳说干就干，几年之后，一座宝塔雄伟屹立在圌山之巅。这就是报恩塔的由来。

圌山主峰258米，为当地群山之巅。报恩塔高30.94米。我们站在巍巍的宝塔下，仰头望塔，心中油然升起一种说不出的敬佩之情。陈观阳建此塔是为了报恩，他把自己的俸禄拿出来建塔，但塔是建在圌山高高的主峰上，这在当时历史条件下是一道难题。据说当时这些木料和砖头全靠上山礼佛的善男信女带上山，每人携一两块砖头、石头，慢慢地积少成多。这些佛教信徒也成为建塔的主要功臣。当然没有史料记载，但有高峰上耸立的雄伟报恩塔作证，这是东乡人民智慧的结晶。熟悉报恩塔的同事带我们绕塔一周后，进入塔内。

圌山塔砖木结构，七层八面，高耸峻伟。这里有一片油翠翠的小松树林，江风从不远处一阵一阵地吹过来，但高高的报恩塔屹然不动，像一把巨剑挺拔直立苍穹。清代诗人王熙曾登上圌山最高峰，望着眼前挺立的报恩塔思绪万千，吟诗随着江风飘向远处：

一峰流不去，
屹立大江东。
塔影落千仞，
钟声接半空。
醉歌拾海月，
长啸依天风。
鸟国渺何处，
苍茫云气中。

无论何时，这里的人以及到过这里的人，都会把恩情记在心中，让报恩塔在万里长江岸边永远闪光。

宝华山印记

宝华山的名气现在叫得很响。宝华山集“林麓之美、峰峦之秀、洞壑之深、烟霞之胜”于一体，其史前“活化石”宝华玉兰为此山中独有。宝华山上有个闻名中外的隆昌寺，因为有了隆昌寺，宝华山被人们称为“律宗第一名山”。

要上宝华山，首先要绕到山南，然后从山南的土石山道慢慢地绕来绕去，到了一个林场后，还得抄小路步行。宁通公路修通后，直接从宝华镇附近的一个出口下来，就会看到修得很阔气的门楼。这是隆昌寺的北边，山腰有个停车场。停好车，走一会儿坡道，就到了隆昌寺北门的广场。宝华山位于句容市的西北部，地理位置很独特，“东临铁瓮、西控金陵、南负句曲、北俯大江”。宝华山原名花山，附近共有36座峰峦，而宝华山在其中心位置，宛如花蕊高踞群山之中。南朝梁代高僧宝志是这里的开山之祖，因而人们取高僧宝志名字中的第一个字“宝”字，将花山改成宝华山。因宝志登山结庙，讲经传教而名声大震，宝华山的山名也就传开了，传出了名气。登上宝华山隆昌寺南边的山头，36座峰峦似36片花瓣，宝华山的美尽收眼底。

宝华山拥有“二龙四池七台九洞十二泉”的胜景，但宝华山的四季更是美如国画。春游宝华山，淡烟摇曳，薄雾漂浮；夏游宝华山，林涛如海，清风徐来；秋游宝华山，红叶似火，流云如带；冬游宝华山，银装素裹，山瘦林疏。

宝华玉兰是宝华山的珍贵树种。如果春末夏初你到宝华山游览，无论是山坡上还是山脚下，漫山遍野的山林中，你会看到特别醒目的宝华玉兰盛开的美景。宝华玉兰未叶先花，其花瓣成钥匙形，长约15厘米，宽约4厘米，基部略成紫色，花大如莲，白如雪。盛开的宝华玉兰散发出浓浓的清香。当你来到山脚下时，宝华玉兰的清香就会钻进你的鼻腔，让你心旷神怡。宝华玉兰是研究古气候、古植物的活化石，中国著名林学家郑万钧教授1932年在宝华山考察时首次发现并为其命名。宝华玉兰还被列入重点植物保护名录。每年四月，句容市政府都会举办大型的玉兰赏花节，那热闹的景象特别壮观。

游宝华山的高潮是游览隆昌寺。已有1500余年历史的隆昌寺位于山坳中，寺庙四周全是茂盛的密林。第一次去，听到钟声就是看不到寺庙。见到寺庙门会有一种庙门太小的感觉。其实，门虽小，但内有洞天，殿宇宽敞，伽蓝千间，曲廊逶迤，金佛危坐，金刚屹立，神情各异。隆昌寺的大院特别气派，简直可以称之为广场。广场的铺地全用大理石，广场可容纳上千人同时做佛事。当你走进隆昌寺的门时，你肯定想不到，隆昌寺内会有这么大的殿宇，这么大的广场，这广场是目前全国最大的戒道场。朝霞夕晖中，寺内晨钟暮鼓，经声佛号，沉抑悠长，回荡山谷。

戒道场是全国之最。隆昌寺因律戒严明，为金陵四百八十梵刹之最上者，宝华山也因此被佛教称为“律宗第一名山”。宝华的名望之高，与当朝皇上的重视有关。乾隆皇帝下江南巡视七次，其次六次登上宝华山。

隆昌寺的大锅饭也会让游客为之一震。我每次带客人去游览隆昌寺，都会去大锅饭的斋堂一饱眼福，因为在民间你不可能看到这么大的锅。从隆昌寺朝北的大门进来后，有一小天井，然后左拐，就能看到斋堂。这是僧侣用膳的场所。长条形的斋堂，从北往南大约有30米；长条形的板桌，从东到西有七八米；长条形的饭桌，像农村八仙桌的四条板凳，宽度高度均差不多。往东一拐，就是斋堂的厨房，这是最引人注目的地方。南墙边一溜三只大铁锅，与其说是锅，还不如称之为缸。中间的一只大铁锅直径达1.2米，深度超过1米。导游每次介绍，似乎说法都不一致。有说这只锅煮饭可供800人用膳的；也有说这只锅可供千名僧侣用膳的，因此又称“千人锅”。反正我们无法证明，但这只锅之大我是第一次见到。

隆昌寺最西边有一个独立的大院。院子四周是两层楼的建筑，这是僧侣的宿舍。这僧侣的宿舍，也是游览的重要景点之一。建筑特色没有时髦特别之处，但导游的讲解令人忍不住大笑。这里有寺有庵，和尚尼姑齐受戒。尼姑和尚都只有受了戒，取得了戒牒，才能正式成为僧侣，宝华山是僧尼受戒的重要场所。因此，在寺庙中才有了尼姑和尚同住一座寺庙的怪事。其实不怪，又不是住在一起，只是俗人想得多了些。

站在宝华山隆昌寺的受戒台前面，会让人有种肃然起敬的感觉。进入大厅，高高的戒台在幽暗的灯光下会让人想起高考的考场。当年的受戒僧侣必过的一道关口。宝华山被佛教称为“律宗第一名山”不奇怪，这戒台可以佐证。导游讲解最形象，这宝华山隆昌寺是国内外僧侣受戒的地方，这里就相当于中国的最高学府清华大学，隆昌寺就是佛教界的清华大学。

隆昌寺的无梁殿应该是宝华山的最高处。在无梁殿前的平台扶栏远眺，远处群山巍巍，近处琉璃覆顶，四边树木茂盛，郁郁葱葱。这里没有喧哗，没有雾霾，一片宁静。清新的空气让人陶醉。山风中夹着花香，一阵一阵地飘过来。鸟儿在密林中的交响乐曲也随着花香传过来，让人觉得是置身于人间仙境。

镇江有“三怪”：肴肉不当菜；香醋摆不坏；面锅汤里煮锅盖。宝华山有“四怪”：第一怪就是只闻钟声响，不见寺庙在；第二怪是常见庙门都向南，宝华庙门朝北开；第三怪是有寺又有庵，僧尼齐受戒；第四怪是嘴上讲吃斋，厨房烧荤菜，其实，是素菜起了荤菜名。

百年牡丹花

在龙脊街东边，捆山河从南往北，几乎是与华山的龙脊街平行，一路静悄悄地往长江边流去。在捆山河东边开阔的田野里，华山张家自然村被农田包围着，只有一条土路通往张家自然村。村子很小，但村子里的“积昌堂”很有名气，而这“积昌堂”内的最大一个亮点是百年牡丹花。“积昌堂”是当年李鸿章的管家张麒麟的老宅。这株百年牡丹就在第二进天井东边靠墙的花台里。多年前我去华山村调研时，曾经专门去过“积昌堂”，那棵百年牡丹仍然生机勃勃。去的时候正是春夏之交，赶上了牡丹花盛开。那碗口大的牡丹花一朵连着一朵，把绿色的叶子全覆盖了。整个张家村都能闻到牡丹花香。我们刚到“积昌堂”的第一道门，还未抬脚，首先映入眼帘的是门口飞舞的蜜蜂，原来蜜蜂也是闻香而至。这株牡丹花的高雅，凡是到过“积昌堂”的赏花者都叹为观止。我也是到过不少名山大川的人，赏过的花也是各色各样、五彩缤纷，但像这百年牡丹长势这么茂盛、开得这么繁丽、花香这么浓郁的不大多见。到“积昌堂”来赏花的人中，有一位善吟诗，短短四句诗就再形象不过地再现了这百年牡丹花：

四月蝶忙风增色，
百年花开露生香。
不逞国色有高节，
悄然隐居在东乡。

牡丹是一种名花，国色天香是对牡丹最直接的描绘。即使是再普通的牡丹花，也会让人心旷神怡，更会引起人们无限美好的遐思，何况这“积昌堂”的牡丹是百年牡丹。我不是赏花专家，看着眼前这株百年牡丹，深知这株牡丹是牡丹中的精品。

贵人栽贵花，花开富贵家。这“积昌堂”的主人是贵人——李鸿章的管家张麒麟。张麒麟出生于镇江东乡华山村东边的张家自然村。想当年，张麒麟年轻时在村里也是有名气的人物。据说，他曾经走过一段弯路。一开始，张麒麟经父母介绍去上海学手艺，在花花世界里，年纪轻，交友不慎，结果吃喝嫖娼的坏事样样沾上了边。但他毕竟是脑子灵活的聪明人，经父母的教育，浪子回头，从上海回到了家乡。过了一两年，又经人介绍到外边闯荡。这次，他走了好运，结识了赫赫有名的人物李鸿章。从此，他的人生轨迹被彻底改变。他一改陋习，勤奋吃苦，忠诚老实，为人机灵，深得李鸿章的信任，后被李鸿章委任为大管家。他发达之后，不忘光宗耀祖，于是回到家乡兴建了这座大宅院，取名“积昌堂”，院中的牡丹花就是张麒麟从北方托人买的牡丹名贵品种，张麒麟亲手所植。

好花配好宅。这华山张家大院占地1300多平方米，为仿明建筑，砖木结构，古朴苍劲。大宅坐北朝南，前后三进，共有平房42间，石板廊檐四通八达。张家大院在当年的东乡一带算得上是豪华气派的名宅。老宅虽经百年岁月洗刷，仍保存完好，尤其是园中的这棵百年牡丹，依然生机勃勃。也可能是花通人性，这百年牡丹为张麒麟亲自栽种，名人的灵气一直在这花株上传承，这株牡丹见证了张家大院当年的富贵显赫。我们去时，正值牡丹花盛开的时节。这株长在墙边的牡丹不因为院子的破落而沮丧，而是伸枝展叶，占地直径一米多的方圆，开出簇簇娇艳的花朵，碗口大的花朵足有几百朵，还有花蕊含苞待放。整个开放期间，这个略显破落的张家大院门前来赏花的人络绎不绝。

这株华贵娇艳的牡丹生长在庭院的小花坛里，甚为优雅。院内结构严密，布局合理，错落有致，精美绝伦，古意盎然，配上这株百年牡丹，别有一番风味。这百年牡丹沾了名人的灵气，还有一种神秘的骄气，由此演绎一个传奇故事。当年，张家大院建造是张麒麟一手操办的。建造张家大院光有财力还不行，还要有设计和管理水平。好在张麒麟是李鸿章的大管家，管理是他的特长。院内设施重要的项目都是张麒麟审定的。当年这株牡丹是张麒麟亲自选地、亲手栽种的。大院落成后，李鸿章召张麒麟回去办事。当时的中国时局十分混乱，家里人都担心他的安全。过去的民间通信十分不便，但张麒麟倒很有大将风度，他托人提来满满一桶井水，并把家里的人全部召集到刚栽种不久的牡丹花坛四周。他一句话不说，首先带头舀起一瓢水浇到牡丹花根上，然后提议全家的大人小孩每人给牡丹花浇上一瓢水。浇完水后，张麒麟意味深长地说："你们要好好地照顾这株牡丹花。只要牡丹花年年开，我的安全就没有问题。"果然，张麒麟离家不久，这牡丹花就开了好几朵。按常理说，当年栽种的花株很难当年开花。但这院子里的牡丹就是不一般，当年栽，当年开花，还真应了张总管的话。看来，张家每人一瓢水也感动了这株牡丹花。牡丹有灵气，张家大院的牡丹通人性。这真是：唯有数苞红萼在，含芳只待舍人回。

这株牡丹曾被大路一户人家盗去，但只长叶子不开花。那户人家一怒之下，将其连根挖起来摔进了路边垃圾堆。张家人得知此事，如获至宝，连忙将牡丹花根拾回来在原地重新栽下。牡丹栽下时，全家人又围住牡丹花台一人浇了一瓢水。真是菩萨显灵，第二年春夏之交，这株牡丹又开满了娇艳的花朵，满庭飘香。张麒麟在几年后回到家乡，一生平安。听到牡丹的故事后，更加喜欢这株牡丹花。

这株牡丹这么有气节，在东乡一带传为佳话。不但张家人视为骄傲，东乡一带的老百姓也都视为共有，争睹芳容。

“牡丹情意浓，花开迎知己。”这是张家大院百年牡丹的真实写照。牡丹尚且有气节，人更该有之。

提高现代文阅读和写作成绩的金钥匙

王桂宏作品
现代文阅读试题详解

慈祥姑妈

（1）在我众多的长辈里，我最崇敬的要算上海的姑妈了。20世纪60年代是个特殊的年代。那时，我六七岁。【A】在我的记忆里，天是蓝的，水是清的，地上就是土疙瘩，而锅里碗里永远都是稀饭、青菜、胡萝卜。由于肚子饿得慌，加上没有什么油水，嘴巴经常沥口水。第一次改变这个印象，是我到上海姑妈家开了大荤，味蕾大开后，至少在姑妈家走亲戚的那十几天里，我没流口水。

（2）记得那年天冷得早，刚进10月，就已经下霜了。【B】早晨起来，路边的小菜园里的青菜像抹了一层白粉。俗话说，霜打过的青菜赛羊肉，爸爸特地给姑妈准备了一大篮子青菜。一天下午，爸爸要送姑妈去上海，顺便到上海玩几天。姑妈说什么也要带上我，说是让我开开眼界长长见识。我也很好奇外面的世界，拉着爸爸的手不放。就这样，我跟随姑妈和爸爸踏上了去上海的路。我们先是坐小轮船到泰州，第二天再乘汽车到高港，接着登上了去上海的东方红 404 客轮。在轮船上我就大享了一次口福。轮船上供应的晚饭类似于现在的快餐，就是大碗饭，上面盖着一大块肥五花肉，估计有一两重。我看到那块大肥五花肉，兴奋得手舞足蹈，心满意足地吃完了一大碗饭。我跟爸爸说，还想吃一碗，其实肚子已经饱了，就是还想吃那块大五花肉。姑妈猜透我的心思，又给我买来一大碗。我到现在都记得当时的价格是每碗 3 角钱。看来，一大碗饭我是肯定吃不下的。姑妈将我领到舱外，避开人群，将肉夹进我碗里。其实姑妈家并不富，她和姑父也就是普通的产业工人，但为了让我再吃上一块五花肉，她舍得花钱。

（3）到了上海，口福大开。大城市在吃上的一切都令我惊奇。记得刚到上海，见到姑父，见面礼就是一个大苹果。我从未见过大苹果，以为是小香瓜，还闹出个要扒瓜瓤的笑话。那苹果的味道，可不是农村的香瓜能媲美的，又脆又甜，甜中还夹着余香，害得我吃完苹果老是舔嘴唇。中午吃饭时，香喷喷的米饭热气腾腾，菜是青菜烧狮子头（在我们家乡叫斩肉），居然还有一大盆红烧肉，而且那红烧肉块特别的大，每块都像小麻团，吃一块是一块，真扎实。而我在乡下吃肉，不是炒肉丝，就是炒肉片。肉丝会躲在大蒜或韭菜里很难找出来，肉片则埋伏在黄芽菜里，也必须耐心地找。我终于明白，肉还有这种吃法。我很感激姑妈让我开了“眼界”。自此，我小小的心灵里便埋下了一颗要去城里生活的种子。去了一趟上海，在姑妈家大开嘴福，姑妈那慈祥脸庞在我心目中留下了深深的印记，以至于回家快一个月了，我还不适应，总觉得家里吃得太差了，闹得有一次爸妈一齐发火：“你以为姑妈家天天那样？他们有时月底还借钱呢！”随着年龄的增大，我越来越理解这句话了。

（4）姑妈有很多兄弟，姑父是安徽人，也有很多兄弟姐妹在农村。凡是在农村的，日子都过得紧巴巴的，有时甚至还要饿肚子。姑父和姑妈心里明镜似的：这些在农村的穷亲戚靠谁呢，只能靠城里的他们。姑妈一生无儿女，家里负担轻，虽然工资不高，但能省则省，省下来招待我们这些乡下来的穷亲戚。有一件事让我至今难忘。那时我已经提了排长，有一次去江西带新兵路过上海。路过上海只能转车，而转车要等待五六个小时。我抓住这个时间空隙，决定去看看姑妈。当然，这次不是为了解嘴馋，因为到了部队生活条件已经好多了。在姑妈家里只有短短的几小时，但我做了一件事，至今不后悔。我听到姑父和姑妈说悄悄话，意思是姑父安徽的亲戚第二天要回去，看能不能给凑 20 块钱。听姑妈的口气很为难。我刹那间想起小时候父母发火时说的话，心里全明白了。我下意识地摸了摸兜里刚发的工资。当姑妈转头的时候，我很不经意地说了一句：“这次去江西带兵，刚发的工资，不便带在身上，先放你们这里吧。”姑妈是个聪明人，她明白我这么说既解了她的燃眉之急，又给她台阶下。她很感激地说：“也好。借我用用吧，过几个月还你。”我还能说什么呢，这就是我的姑妈。我的泪水从眼眶里流出来。我深深地知道，钱多钱少不是主要的，主要的是一个人不能把钱看得太重。要舍得，舍得把钱给别人用，而自己还愉快着。姑妈正是这种人。

1. 本文记叙了作者在姑妈那里味蕾大开的几件事？请你简要概括。

____

____。

2. 结合语境，解释第（3）段加点的语句："你以为姑妈家天天那样？他们有时月底还借钱呢！"

____

____。

3. 请你任选一句赏析画线句子的表达效果。

【A】在我的记忆里，天是蓝的，水是清的，地上就是土疙瘩，而锅里碗里永远都是稀饭、青菜、胡萝卜。由于肚子饿得慌，加上没有什么油水，嘴巴里经常沥口水。

【B】早晨起来，路边的小菜园里的青菜像抹了一层白粉。俗话说，霜打过的青菜赛羊肉，爸爸特地给姑妈准备了一大篮子青菜。

____

____。

4. 说说慈祥姑妈是怎样一种人？请用文中最简洁的语言表达。

____

____。

5. 阅读全文，说说作者用了什么心境来烘托姑妈的慈祥？

____

____。

参考答案：

1．在东方红 404 客轮上，作者姑妈买的大碗饭上的那片五花肉；在上海姑妈家，吃上了从未见过的大苹果，又脆又甜；在上海姑妈家吃到的麻团大小的红烧肉。

2．“你以为姑妈家天天那样？他们有时月底还借钱呢！”这句话是作者在上海姑妈家吃上好东西回到家不适应时，父母发火说的话。意思是姑妈那是招待你的。要知道姑妈只是个产业工人，也没有余钱。这句话含蓄地表达了姑妈的慈祥和善良。宁可自己借钱，也要把乡下来的人招待好。作者通过父母发火表达了对慈祥姑妈的崇敬。

3．【A】句运用环境描写、形象描写的修辞手法，把那个特定年代的困难形象地写出来。特别是作者老是沥口水，形象地表达了作者的饥饿感，为上海姑妈让作者味蕾大开做铺垫。

【B】句运用形象描写和生动比喻刻画了作者父亲，一个地道农民送礼的形象。青菜在农村是再平常不过的蔬菜，但作者父亲作为大礼送给在上海生活的作者姑妈。由于生动描写和形象比喻，冬天霜打的青菜也成了大礼。青菜赛羊肉，生动地刻画出地道农民心灵的纯朴。

4．作者姑妈是这样一种人，钱多钱少不是主要的，主要的是要有爱心、善心，不把钱看得太重。姑妈舍得，舍得把钱用在别人身上，而自己还愉快着。

5．阅读全文，可以看出作者巧妙地运用自己的饥饿感来烘托姑妈那颗真诚善良的待人之心。为了让作者多吃一块五花肉，她竟然悄悄地多买了一碗大碗饭，把五花肉夹到作者的碗里。在上海姑妈家做客，姑妈大肉招待，但其实姑妈家也不富裕，月底还要向别人借钱。作者亲历后，深有感触，并巧妙地解了姑妈的燃眉之急。作者的举动把姑妈的慈祥烘托得淋漓尽致。

赵才才有才

（1）赵才才比我年长 10 岁左右。我在 20 世纪 80 年代末调到镇江市纪委办公室当文字秘书时，他是市纪委的常委。他是我的领导，更是我精神上的老师。一般人不理解这句话的含义，而我在和赵才才共事的岁月里，深深地体会到赵才才高尚的品德和出色的文采。赵才才的才能不仅体现在润物细无声的政治影响力上，还体现在他散见于报纸杂志的诗歌中。赵才才年轻时爱好诗歌创作。1962 年，他大学二年级就在《河北文学》杂志发表了诗歌《星星月亮哪去了》，并引得一片称赞。他先后创作了 100 多首诗词。

（2）我和常委赵才才有缘分，但绝大多数同事并不知道这种缘分来自共同的文学爱好。【A】赵才才在市纪委算是一支比较低调的笔杆子。他高高瘦瘦的个头，总是一副神清气爽的样子，走路速度不快，说话语速很慢，像是始终处于思考状态。我是办公室的文字秘书，主编和上报市纪委的信息动态。这是最典型的单位的笔杆子秘书。而赵才才是市纪委公认的笔杆子。两支笔杆子自然走得近一些，但赵才才为人低调，因而我们二人的关系并没有引起任何人的关注。只有我心里明白，我也是一个文学爱好者，在 20 岁左右，就写了上百万字的中短篇小说，在《安徽文艺》上也发表过短篇小说。

我在青年时代一直做着文学梦，并成长为一名军人。转业至镇江市纪委办公室工作后，总想露一手自己的文学特长，但与赵才才常委共事后，他的诗歌才华和从政风格深深地感染了我。他话不多，跟我们一起探讨文学稿子时总是以秘书的口吻，往往会在不经意间流露出他的观点。当时的《镇江日报》副刊会时不时地发表一两首他创作的诗歌。读到他的诗歌让我兴奋不已，在市纪委有一位同样做着文学梦的领导让我内心感到了温暖。

我见到赵才才谈到他的诗作时，他总是淡淡地一笑："没有什么，写写玩玩的。以后千万不要称我为诗人。"

"以后千万不要称我为诗人。"赵才才的这句话深深地触动了我，再想想自己，脸上不禁有些泛红。

那个年代的纪委是绝对的清水衙门。当其他部门深冬时节从外地采购来苹果发给职工时，我作为纪委办公室副主任，只能将土豆分发给职工。想想那些在经济部门工作的同事，脑子里时不时会冒出跳槽的想法。

帮赵才才常委搬了一次家后，这种想法居然消失了。那应该是刚进入冬季。一个晴朗的好天，天气不冷，我们办公室四五个有力气的男同事在我的带领下来到赵才才家。我心里想，赵才才这个级别的干部，搬家得准备一辆大一些的汽车。他的爱人也是公务员，按理说赵才才家房子应该很大。但我们都猜错了，到他家一看，也就是五六十平方米的房子，家具不但陈旧，而且很简陋。家中的东西都已经打包好了，家具都是普通三合板的，没有什么重量。原来以为帮领导搬家肯定要费力气，谁知搬家竟这么轻松。【B】那个年代还没有搬家公司，我特意把办公室里力气大些的男同事全喊来了，但显然是有劲使不上了。真正有分量的就是书。我真的没有想到，他家的床竟然是两条长条板凳搭着杉木铺板。当我一个人扛着那长条板凳时，我的心被深深地触动了。赵才才好歹也是个处级干部，也工作这么多年了，家中怎么连一件像样的家具也没有呢！虽然那个年代大家都过得不宽裕，但买张好一点的床还是能做到的。用两条板凳搭床铺的家庭在城里并不多见，赵才才这个处级干部算一个。想想自己，我打心眼儿里感到惭愧。纪检系统的福利少一些，我就感到没有奔头，就想跳槽去一个好单位，去享受丰厚的物质生活。赵才才让我的心里亮起了一盏灯。我心中突然冒出一个诙谐的念头：赵才才没有“财”。

但赵才才真的很有才。他的处女作《星星月亮哪去了》在《河北文学》杂志上发表后，引起了极大关注。文艺评论家评论说：“有的诗，以优美的语言感人；有的诗，以巧妙新颖的构思取胜；而《河北文学》1963 年 12 月发表的一首社员短歌《星星月亮哪去了》，则是一首二者兼备的好诗。”这首诗篇幅不长，只有八节，十六句，但在整个这一组“社员短歌”里，却像一颗亮晶晶的小星，闪耀着耀眼的光彩。

诗的全文抄录如下：

小扁担，吱吱叫，
星星月亮一担挑。
泼到水田里，
忽地不见了。
星星月亮哪去了？

秧苗不答只是笑。
夏来几度薅秧草，
除尽杂草未寻到。
秋来遍地稻花香，
收割季节来到了。
金光耀，银光耀，
失落的星月找到了。
金黄的稻谷是星星，
月亮就是那月牙刀。

老领导赵才才有才，却没有财，这是我最敬重他的地方。

1. 文章中第（1）段说赵才才有才，主要体现在哪些方面？

____

______________________________。

2. 请你任选一句赏析画线句子的表达效果。

【A】赵才才在市纪委算是一支比较低调的笔杆子。他高高瘦瘦的个头，总是一副神清气爽的样子，走路速度不快，说话语速很慢，像是始终处于思考状态。

【B】那个年代还没有搬家公司，我特意把办公室里力气大些的男同事全喊来了，但显然是有劲使不上了。真正有分量的就是书。我真的没有想到，他家的床到竟然是两条长条板凳搭着杉木铺板。当我一个人扛着那长条板凳时，我的心被深深地触动了。

____

______________________________。

3. 阅读全文，说说题目“赵才才有才”的妙处。

____

____。

4. 赵才才的处女作是什么时候在什么刊物发表的？文艺评论家的评论是什么？

____

____。

参考答案：

1. 赵才才有才主要体现两个方面：一是作为市纪委领导，做政治工作有润物细无声的影响力；二是赵才才爱好诗歌创作，他先后创作发表近 100 首诗词。

2.【A】句使用了外貌描写和神态描写的细节描写等。“高高瘦瘦的个头”，给人一种纯朴清廉的形象；“走路速度不快，说话语速很慢”等细节刻画出了赵才才作为市纪委领导那沉稳、严谨、认真形象，以及一丝不苟的师者气派，含蓄地表达了作者对自己的领导赵才才常委的崇敬之情。

【B】句使用了强烈对比的修辞手法，把一名纪检干部清廉的形象刻画出来。作者巧妙地借用为赵才才搬家的机会，运用书的“重”和床的“轻”的对比，刻画了一名处级干部在生活上的简单朴素，作者一人扛走了“床”，而家中重的东西都是书，从另一侧面反衬出赵才才把心思全扑在工作上，扑在自己热爱的诗词创作上。

3. 一语双关。表面含义：赵才才有才说的是作者老领导有工作和艺术才能，政治工作有水平，诗词创作有影响，上大学时就在《河北文学》上发表了诗歌，并产生了很大影响。深层含义：才还有一个谐音字——财。财是财富的财，发财的财。身为市纪委常委的赵才才廉洁自律，奉公守纪，他没有以权谋私，他没有“财”。没有这个“财”，而有这种“才”，这是作者最敬重老领导的地方。

4. 赵才才的处女作《星星月亮哪去了》于1963年12月发表在《河北文学》上。文艺评论家评论说：“有的诗，以优美的语言感人，有的诗，以巧妙新颖的构思取胜，而《河北文学》1963年12月发表的一首社员短歌《星星月亮哪去了》，则是一首二者兼备的好诗。”

驻训明月湾

（1）2014年的初秋，苏州老战友邀请我参加战友聚会。聚会结束后，我一个人来到当年野营训练的明月湾。

（2）记得那是炎炎似火的七月。部队野营拉练来到苏州西南边的东山岛。我们连队又继续西行，并乘船到了一个叫西山岛的地方。西山岛不大，但四面环水，除了往东看远处是朦朦胧胧的起伏的群山，往北、向南、朝西看，都是一片汪洋，一望无垠的太湖水在阳光下泛出耀眼的光芒。湖面上各种帆船劈波前行。【A】村子的西边太湖水凹进村里，像弯月似的镶嵌在村边上。村子的名字看来跟湖水绕村的形状有关。明月湾湖底成坡形，从村岸边下水，水只有膝盖那么高，越往离岸远的地方去，水就越深。这里成了我们连队的游泳训练场。

（3）明月湾驻训时间只有一周，却给我留下了深刻的印象。明月湾古村住有100多户人家，有400多人。村民很纯朴，纯朴得就像抱村流淌的太湖水一样亮晶。刚进村，第一眼看到的是村口的一棵大樟树。大樟树长得十分茂盛，树冠展开足有半亩地，树干粗得几个人都合抱不过来。树干上留着岁月的伤痕。这棵大樟树已有千年历史，是古村的标志。

（4）村里除了不少宗祠、古宅比较宽敞，一般村民的住房还是比较简陋的。不是三架梁、五架梁，就是大平房、大院子。院子里、房前屋后都生长着果树，枇杷、蜜橘特别多。我们去时，枇杷已过收获季节，但满树的蜜橘压弯了枝头。我们班被分到村中的一条小河边的祠堂，祠堂门口不远处有一座古老的石拱桥。穿村而过的小河水从桥下静静地流过。

（5）这座桥就叫明月桥，始建于春秋末期。明代为防御倭寇，还在桥的不远处建有寨门。一弯明月桥和巍巍的寨门成了村里的一道风景线。“文革”刚结束时，现代气息的春风还未吹来，这古桥古寨古祠古宅在村里就别有风味……

（6）几十年过去了，现代的气息已经把这些古迹全淹没在其中。我只能凭着过去的印记在这旅游设施十分完备的西山岛寻找那几十年前最感兴趣的古证。古樟树还屹立在村口，穿村而过的小河两岸已经石块驳岸，岸边全是风景树。岸边的石护栏上爬满了开着粉红、大紫、淡黄、大红色的爬藤月季。有些长长的藤枝越过石护栏，往水面探头。那各色花朵和那绿茵茵的茂密的枝条倒映在平静的湖面上。我们住过的祠堂找到了，那里早已开发成一个景点，门口的香火小摊不停地叫卖香烛。我又一次从明月桥上踏过。走上拱桥时，特意停留在桥上，四处张望。小河两岸一派繁忙，商业气氛十分浓烈，就像赶庙会似的，难寻过去那种静静的田园景象。登上寨门，倒有一种当年古村人民抗击倭寇胜利者的自豪感。

（7）明月湾古村虽然发生了翻天覆地的变化，但沿游览路线一路上的东山特产倒引起了我的极大关注。特产还是那个特产，最有名的三大食品：白枇杷、蜜橘和碧螺春茶叶。首先映入眼帘的是白枇杷。我感到有些纳闷，时令已到初秋，白枇杷采摘季节早已过去。这季节还有白枇杷真是不可想象，但眼前的白枇杷实实在在地摆在货架上，用竹篾编出的小篓子装着，直径估计有半尺，也是用篾子编成的提篮，还是当年的包装。这东山、西山的白枇杷，吃起来味道独特，甜中有鲜，鲜中留香，吃了一个还想吃一个。我忍不住问售货员："这季节怎么会有白枇杷？"

（8）那售货员笑得甜甜的："夏天摘下来放冰库！凡来东西山游玩的，谁不买一篮尝尝鲜。"

（9）东西山还有一种土特产冰糖蜜橘也很有名。我们连在明月湾驻训时，村里房前屋后，尤其湖边那一大片空地，几乎都生长冰糖蜜橘树。累累的蜜橘还是青的，蜜橘林里就透出一种甜甜酸酸的香气。西山也好，东山也好，水土差不多，长出来的蜜橘一个个色相艳丽、甜酸适度，令人闻则思念、望则垂涎、食则甘美。东西山的蜜桔有它们的独特之处，因果色金黄、皮薄肉嫩、食不存渣、风味浓甜、芳香扑鼻而闻名省内外。这也是驻训明月湾古村听到而未尝到的又一特产。

（10）这明月湾的另一个特产是碧螺春茶叶，我不但尝到了，而且当时还从老百姓家买了一斤碧螺春带回营房。这碧螺春让我喝上了瘾，直到现在我仍然喜欢喝绿茶，而且喜欢喝碧螺春。但随着时间的推移，太湖洞庭山一带盛产的碧螺春名气越来越响，价格也高得越来越离谱，自己掏钱买没有这个经济实力，只能以相似绿茶替之。碧螺春茶条索紧结，卷曲如螺，白毫毕露，银绿隐翠，叶芽幼嫩，冲泡后茶叶徐徐舒展，上下翻飞。茶水银澄碧绿，清香袭人，口味凉甜，鲜爽生津。只要你品过碧螺春，你就会被它嫩绿隐翠、叶底柔匀、清香幽雅的绝妙韵味所倾倒。

（11）带着驻训明月湾的记忆重游明月湾古村风景区，感慨万千。三十年过去，弹指一挥间，古村发生了巨大变化。

（12）这只是祖国改革开放变化的一个缩影。我们没有理由不追忆，不珍惜。

1．明月湾有多少令人印象深刻的景点？请用简洁语言概括。

____

____。

2．明月湾有名的特产是什么？请简要介绍其特色。

____

____。

3．文中描写爬藤月季很形象，请把文中的句子找出来。

____

____。

4．请你赏析画线句子的表达效果。

【A】村子的西边太湖水凹进村里，像弯月似的镶嵌在村边上。村子的名字看来跟湖水绕村的形状有关。

____

____。

5．阅读全文，说说作者重游明月湾的感慨。

____

____。

参考答案：

1．明月湾湖滩浴场；村口千年樟树；明清祠堂；明月桥；巍巍古寨门等。

2．明月湾特产主要有三样：白枇杷，味道独特，甜中有鲜，鲜中留香；冰糖蜜橘，果实金黄，皮薄肉嫩，食不存渣，风味浓甜，芳香扑鼻；碧螺春茶叶，卷曲如螺，茶水银澄碧绿，清香袭人，口味凉甜，鲜爽生津。

3．岸边的石护栏上爬满了开着粉红、大紫、淡黄、大红色的爬藤月季。有些长长的藤枝越过石护栏，往水面探头。那各色花朵和那绿茵茵的茂密的枝条倒映在平静的湖面上。

4．【A】句使用了形象描写，运用比喻的修辞手法，把作者驻训的村庄太湖湖水的环绕比作弯弯的明月。月亮是明亮的，湖水也是清亮的，比喻很贴切，形象。明月湾村名的来历一目了然。

5．从文中可以读到作者几十年后重游明月湾的兴奋。当年驻训明月湾，作者所见所闻是古朴纯真，村民也是那样纯朴。但明月湾村发生了巨大变化，当年平静的明月湾现在已经成了热闹的旅游胜地。这里的变化是祖国改革开放后发生巨变的一个缩影。作者巧妙地把自己对党、对祖国的热爱化作对明月湾美景的欣赏，增添了作品的文学韵味。

篾匠队长

（1）我要说的篾匠队长叫陈式海，其实就相当于现在的村主任。因为他会篾匠活，村里人都称他篾匠队长。我们村是水乡，清清的河水静静地环绕着房子台阶下的河沿，遇到起风，会发出轻微的拍岸声。见到水，就能见到小竹林。家家不是门前就是屋后，总会见到一小片竹林。竹竿挺直，竹叶繁茂。

（2）“文革”末期，塑料制品还是稀罕物。盛装物品的器具都是竹篾做的。陈式海的竹篾编制手艺派上了用场。村里的竹子多的是。他先是编挑土用的簸箕，哪家缺了哪家来拿；有时看谁家劳动时簸箕坏了，晚上准见他送一对崭新的簸箕到那家。好在那时没有商品经济的概念，无论是给谁家编簸箕，他从不收一文钱。说实在的，那时村里生产队的男女社员们朴实得要命，最多也就说几句客气话，真要收钱还真拿不出来。好在家家门前屋后有竹林，陈式海可以随便到哪家的竹林去砍老了的竹子，这户人家除了帮忙，最多给他提个小条件：帮忙编个小竹篮子，淘淘米洗洗菜。

（3）篾器家伙是村民们生产生活离不开的必需品。装稻运粮要箩筐，砻谷舂米要盘篮，撑船要竹篙，罱泥要罱篙，煮饭要淘箩，床上要凉席。光筛米的筛子，就分好多种类：米筛、糠筛、隔筛、漏筛。陈队长虽然当村主任，但为村里人做些篾匠活，还真是英雄有了用武之地，也深受村民的喜欢和拥戴。

（4）我那时高中刚毕业，在村里算是个有文化的人。村里没什么地方好玩，就经常跑到他家院子去看他编竹篮、箩筐。【A】陈式海高高的个子，黑黑的脸膛，眼眉很浓，目光很有神，虽不算是五大三粗，但显得很有精神，给人一种有力量、很踏实的感觉。我记得很清楚，他有一把窄长的米篾刀，刀背很厚，刀刃很锋利。这把刀，他运用得十分熟练。一根竹子到他手上，一刀下去，不管大竹小竹，劈成两半后，一般大小，再劈成四开，仍然很匀称。【B】我特别佩服他能把竹子劈成篾条，然后再劈成篾片。篾片一样大小，一样厚薄。他能把一根篾条劈成九层篾片，薄如纸张，举起来能照见亮光。他还能熟练地把篾片分成篾丝。有了这些篾条、篾片、篾丝，各种各样用途的篾制品就源源不断地做出来了。当长长的竹篾条像轻快的燕子在他的手中有节奏地来回穿梭的时候，我们往往开始交流对话。

（5）他总是未说话先笑一笑："桂宏呀，你从港口中学回来啦？"

（6）我"嗯"了一声，目光仍然停留在他那正在编的竹篮子上。

（7）"高中毕业啦？下田劳动呀？"他随口问我，语气里明显包含着关心。我从他的语音中听得出来。没等我回话，他又说："你在港口是高才生，我们全乡都知道，村里的小学还缺民办教师，村里给公社推荐推荐，你也叫你爸爸跟学校的校长说说。看你这把身子骨，可不是下田劳动的料呀！"

（8）陈大队长的语音里充满了关心和对知识、文化的尊重，我听了激动不已。

（9）以后的日子，我往村主任家跑的次数更多了。我们谈得很投机，谈得很靠谱，谈得很有收获。那年麦苗青青菜花黄的时候，学校的领导把我叫去了，只问了几句话，然后直奔主题：学校也需要一些文化条件好些的高中生做民办教师，问我干不干。我当然求之不得，连连点头表示感谢。学校的领导很幽默地对我说："待遇很低呀，恐怕很难填饱肚子。"听了这话，我心里很明白。当个民办教师在大队里算是一份很体面的工作了。再说想进来当民办教师的毕业生多得很，排着队呢。我不停地表示感谢。校长不等我回话，又笑着说："每月12元，大队里年终再给些稻米什么的，每月加起来能拿到20元左右。"我当即再三表示，一心当好民办教师，不计报酬为革命，一颗红心献给党。校长挺满意。好事就来得这么快，居然没用送一分钱的礼，我心里很纳闷，连感谢谁都不知道。

（10）我上班了，教小学一年级。之后叫我名字的人少了，"王老师"成了我的代名词。我一有空还是去看陈大队长编竹筐，但他从来没有提起过这件事，好像这件事他压根儿就不知道。后来我参军了，才知道我当代课教师原来是陈大队长推荐的，当然，还有村里一把手支部书记的同意。现在回想起来，那时候的人多么朴实、多么善良，篾匠队长的形象在我的心里也高大起来。我不但敬佩他熟练的竹艺，更敬佩他高尚的品格。

1. 文章第（1）段的环境描写有什么作用？

____

____。

2. 陈队长的篾匠活为什么深受村民的喜欢？

____

____。

3. 文章语言生动，富有表现力，请赏析画线的句子。

【A】陈式海高高的个子，黑黑的脸膛，眼眉很浓，目光很有神，虽不算是五大三粗，但显得很有精神，给人一种有力量、很踏实的感觉。

【B】我特别佩服他能把竹子劈成篾条，然后再劈成篾片。篾片一样大小，一样厚薄。他能把一根篾条劈成九层篾片，薄如纸张，举起来能照见亮光。他还能熟练地把篾片分成篾丝。

____

____。

4. 文章第（5）至（7）段是作者与陈队长的对话，表达了什么意思？

____

____。

5. 陈队长做的最感动作者的一件事是什么？请简述。

____

____。

参考答案：

1. 文章第（1）段的环境描写是为写篾匠队长铺垫。村子是水乡，房前屋后有竹林，当篾匠离不开竹子。

2. “文革”末期，农村盛装物品的器具都是竹篾做的。陈式海队长利用业余时间为村民编竹器。村民装稻运粮要箩筐，砻谷舂米要盘篮，撑船要竹篙，罱泥要罱篙，煮饭要淘箩，床上要凉席，陈队长解决了村民们的生产生活所需，当然深受村民们的喜欢和爱戴。

3.【A】句使用了神态描写和外貌描写等。“高高的个子，黑黑的脸膛，眼眉很浓”写出了陈队长的精明能干；“目光很有神，虽不算是五大三粗，但显得很有精神”等细节则刻画了陈队长的严谨认真、受人尊敬的农民队长形象，给人一种有力、踏实的感觉。

【B】句使用了形态描写，准确地使用动词，把陈队长的篾匠技艺描写得活灵活现。“他能把一根篾条劈成九层篾片，薄如纸张，举起来能照见亮光。”作者这里使用比喻的修辞手法，把陈队长的劈篾刀功展现在读者面前，让人赞叹不已。

4. 文章第（5）至（7）段是陈式海队长与作者的对话，写出了陈式海队长不但篾艺高超，而且爱才，对作者的关心和爱护体现在对话中，让作者感动。

5. 陈式海队长做的最感动作者的一件事，是向大队支书、向公社教育科推荐，并使作者当上了中学民办教师。高中毕业不久，能当上小学民办教师，那是乡村里光彩的事。但直到作者教了一年多书，离村参军时，才知道自己当年当上民办教师是陈队长推荐的。陈队长在作者心里，不但篾艺高超，而且品格高尚。

秀美北固湾

（1）2014 年的冬天，我搬到了北固湾小区。记得是 2015 年的春节刚过。我抱着孙女从北固湾小区南大门出来往西走。现在都时兴早教，我有意引导小孙女熟悉环境。我用手指着西边起伏至江边的山问："那高高的地方是什么呀？"

（2）"北固山！"

（3）"那山上的楼房是什么呀？"

（4）"北固楼！"

（5）"那北固楼下的一片绿色是什么呀？"

（6）"北固树！"

（7）我忍不住笑了起来，但我不纠正她。这时我们已经来到了江月楼酒店的入口处。这里有一个20多平方米的栈桥平台。弯弯的栈桥拐了两个弯，从北固山崖下一直往西延伸，消失在茫茫的湖面上。已近傍晚，在夕阳的映照下，湖面泛起粼粼的波光。我把小孙女放下来，站在栈桥平台的西边，一手扶着栏杆，一手搀着小孙女，对着夕阳下泛光的湖面问："这里是什么湖！"

（8）"北固湖！"她大声回答。

（9）我爽朗地笑起来："你就知道北固两个字。"她才两岁刚过，怎么能批评她呢！我耐心地指着半月形的湖面说："这里是北湖的一部分，北湖就算镇江北边的湖。北湖到了北固山形成一个凹形，像半个月亮似的。因为在北固山下，所以叫北固湾。记住，这就是北固湾，爷爷家就住在北固湾附近。"尽管是对牛弹琴，但小孙女记住了北固湾。小孙女后来说起爷爷家住的地方，总是这样说："爷爷家住在北固湾，北固湾边有北固山，北固山有北固楼，看到北固楼就能找到爷爷家了。"

（10）住到北固湾小区虽然不到两年，但漫步北固湾，这里的四季景色真让我陶醉了。

（11）2014年春节前，一场冬雪纷纷扬扬下了一天一夜。第二天中午，风停了，雪也止住，我望着外面雪后初晴的大地，跟爱人提议去湖湾边看雪景。我们踩着积雪，顺着湖中沿北固山的栈道悠闲地散步。【A】湖湾只剩下枯叶的芦苇秆，芦苇秆上的芦花在微微的湖风中摇曳，芦花飘下来，伴着雪花无声无息地落入湖水中。风一阵一阵轻轻地吹，芦苇荡里的积雪会从芦秆芦叶上成小块地掉进湖水中，惊起一群野鸟扑棱着翅膀仓促逃离芦苇荡，飞向远处抹着白雪的树丛中。

（12）春天的北固湾别有一番景象。初春的早晨，沿河湾岸边的各种绿化树陆续苏醒了。早晨湖面上雾霭茫茫，我沿着滨河小道慢跑。红彤彤的太阳从地平线上跃出来，在雾霭中放出淡红色的光。沿湖湾岸边的树木随着春天越来越浓的气息不断地变幻着美丽的景色。早春时节，当湖面上的野鸭三五成群地戏水时，【B】岸边整排垂下的密密瘦长的枝条就呈现淡淡的茵绿，这绿色慢慢地变得清晰起来，柳树在晨风吹拂下，也由淡绿变成深绿，长条形的树枝有序地冒出了米粒大小的绿芽。当绿芽发育到能看出青翠翠的柳叶时，岸边的香樟、水杉、桂花、玉兰、石榴、夹竹桃、榆树、迎春等园林树木就开始发青了。

（13）岸边的绿化设计是独具匠心的。在滨湖湾的绿化带中，就有樱花园、桃园、梨园、丁香等园中园。樱花时节那就是花的海洋。最醒目的是樱花园。樱花树皮呈紫褐色，花叶互生，表面深绿色，有光泽。在一片绿叶子中，红色、白色的樱花，与叶同放，花色幽香艳丽。在湖湾不远处，有一个不到一亩地大的湖岛，岛上栽满了桃树、梨树。春雨霏霏，岛上红艳艳的桃花像一片小小的花海，梨花带雨，花色艳丽。成群的野鸭不知是不是循香而至，反正一阵春雨过后，盛开着桃花、梨花的小岛四周的湖面上游弋着一群群的野鸭。有时，我边散步，边数野鸭，但数来数去，不是多出几只，就是突然间消失一群。野鸭会潜水，一不留神，就潜进春波荡漾的湖水中，又不知不觉地从另一处水面冒出来。春天的北固湾留给我的印象就是花的海洋。

（14）到了春夏之交，那五彩缤纷的花海，那沁人心脾的香气，让你仿佛漫步在仙境中。最火红的是石榴。【C】在湖湾岸边的绿化带中，隔不多远就是一蓬石榴树。单个的石榴花红得像火苗，有些石榴花簇拥在一起，竞相开放，像燃起的篝火。爬墙梅、紫薇藤蔓缠绕在小区的铁栅栏上，各色各样的花盛开起来，喷出诱人的香味。

（15）夏天的北固湾别有一番景象。湖湾边高大的樟树、桑树、栾树、银杏、水杉、榉树、玉兰、槐树等耸立在园圃中，特别引人注目。夏天是阳光充足、雨水充沛的季节，这些树木吮吸甘露、晒足阳光，拼着命地生长。树干长高了，树冠长宽了，树叶郁郁葱葱，给人一种挺拔向上的骄人态势，大有一种湖边卫士的惊人风貌。夏天的河湾边，菖蒲一簇簇地生长在水葫芦环绕的水边，绿色的叶子像一把把利剑挺拔地立在那里。清晨漫步，有时会看到摇动中的剑叶上停着漂亮的花蜻蜓。早晨的阳光映在蜻蜓薄薄的翅膀上，那透亮的翅膀像一片薄薄的玉片，晶莹剔透。镇江沿江岸边盛产芦苇，滚滚的江水伴着岸边水丛中的成片芦苇，十分壮观。每一株芦苇都静享着夏天早晨阳光的沐浴，显得那么挺拔，那么富有气息。徐徐的湖风吹来，芦苇似浪起伏，生机勃勃，飒飒之风，委婉抒情，充满活力。漫步在芦苇丛岸边，我情不自禁地哼起了《诗经·蒹葭》中的动人诗句：“蒹葭苍苍，白露为霜。所谓伊人，在水一方。溯洄从之，道阻且长。溯游从之，宛在水中央……”诗中写的是深秋的芦花，而我眼前的芦花却是另一番景象，生机勃勃，充满活力。在河湾边散步时，我们会看到芦苇丛中的鱼类正在撒籽时搅动起水涡，一圈圈的涟漪不紧不慢地往水面扩散。时代变了，眼前的芦苇、眼前的芦花就像我们所处的年代，正在充满活力地发展着。“在水一方”定会成为人人向往、宜居宜乐的美丽居所。

（16）炎热的夏天过去，凉爽的秋天就来到了北固湾。秋天的北固湾没有丰收的果实，但你若晚上来岸来北固湾岸边散步，那美丽多彩的灯光会令你流连忘返。如果赶上明月高悬，那轻纱般的月光从一碧如洗的深蓝色天空中映照下来，岸边的北固楼、宝鼎、园圃、栈桥全沐浴在淡淡的月色中。园林亮化又给这月色中的北固湾增添了更加绚丽的风光。北固楼的翘角飞檐被灯光映亮，在高高的北固山顶显得更加亮丽。宝鼎下面的台阶一圈圈地从湖岸边直通宝鼎脚下的太平谷。那一圈圈台阶缠绕着闪动的红蓝颜色灯带。栈桥近水的轮廓线由灯带显示出来。灯带是流动的灯光，映在平静的湖面上，让人感觉仿佛到了人间仙境。走在栈桥上，只要一抬头，就能见到湖岸不远处霓虹灯映照下的高耸的大楼轮廓线。

（17）我爱北固山，更爱北固湾。

1. 文中作者与孙女的对话有什么作用？

____

____。

2. 根据括号内的要求，欣赏画线的句子。

【A】湖湾只剩下枯叶的芦苇秆，芦苇秆上的芦花在微微的湖风中摇曳，芦花飘下来，伴着雪花无声无息地落入湖水中。风一阵一阵轻轻地吹，芦苇荡里的积雪会从芦秆芦叶上成小块地掉进湖水中，惊起一群野鸟扑棱着翅膀仓促逃离芦苇荡，飞向远处抹着白雪的树丛中。（从修辞手法的角度）

【B】岸边整排垂下的密密瘦长的枝条就呈现淡淡的茵绿，这绿色慢慢地变得清晰起来，柳树在晨风吹拂下，也由淡绿变成深绿，长条形的树枝有序地冒出了米粒大小的绿芽。（从修辞、词语运用角度）

【C】在湖湾岸边的绿化带中，隔不多远就是一蓬石榴树。单个的石榴花红得像火苗，有些石榴花簇拥在一起，竞相开放，像燃起的篝火。（从词语运用角度）

____

____。

3．文章是从哪些角度描写北固湾的秀美的？请简述。

____

____。

4．本文的主题是什么？请结合具体内容简要分析。

____

____。

参考答案：

1．作者的小孙女连续回答了“北固山”“北固楼”“北固树”“北固湖”，回答中都有“北固”二字。这是作者通过孙女诙谐的回答，有意强化这里是风景如画的北固山景区。

2.【A】句通过对冬天芦苇的描写，让芦苇凋敝的苇秆成为北固湾冬雪的载体，让湖水、芦苇、冬雪构成一幅独特的北固湾冬景。

【B】作者通过形象、生动的词语，细腻地描写初春北固湾湖边的杨柳随着春天来临而发生的细微变化，展现出一幅春日北固湾独特的美景。

【C】句运用比喻、夸张的修辞手法，描写了北固湾春夏之交独特的花卉——石榴花。“火苗”“篝火”这些词语的运用，十分形象，让读者有一种置身于春夏之交的北固湾石榴花丛里的感觉。

3. 作者巧妙地运用了北固湾四季变化的景色，通过冬天、春天、夏天、秋天北固湾独特的景色，让人对北固湾景区留下深深的印象。凋敝芦苇上的雪，春天翠绿的杨柳，夏天火红的石榴花，秋天栈桥上空的明月与灯带交辉，表达了作者从心中对北固湾的赞美。

4. 本文的主题是通过对驻地山河之秀美的描绘，激发大家对祖国的热爱之情。当你置身于夏天北固湾石榴花丛中时，那火红的石榴花让人激情澎湃，激发出大家为国奋斗的巨大热情。春天的北固湾杨柳袅袅，湖水一片宁静，祖国山河这么美好，一股保卫祖国山河的壮志油然而生。爱山爱水爱祖国，这是本文的主题。

将军零距离

（1）我在60军178师炮团当战士，后调至军政治部干部处任干事。这时期的军长是将军李元喜。政治部、司令部在两个大院，我在政治部，李军长在司令部办公，除了汇报工作，我们见面的机会并不多，更说不上与将军零距离。我之所以用“将军零距离”这个题目，那是写的十几年之后对将军的了解、熟悉，直至无限的崇拜和敬佩。我的住房居然与李元喜将军在同一栋楼。

（2）早上上班我有汽车接送。记得是一个秋天的早晨，秋风吹着秋雨，细细地洒向水泥路面。路上潮湿了。我刚上汽车，正准备叫驾驶员开车，突然不远处从健康路拐进来一辆带拖斗的三轮车，骑车人穿着一件军用雨衣，两只脚使劲地蹬着三轮车，不时抬头看路，直往我汽车这边骑来。我门前的这条路路面很平坦，但不太宽。我连忙朝驾驶员打手势，示意他把车往边上靠靠，让三轮车过去。从车窗往外边看，我总觉得骑三轮车的老者有些面熟。但老者戴着雨衣帽，我看不太清楚。我见三轮车的拖斗里装的是建筑材料，估计是这幢楼里的住户请三轮车工人送货的。三轮车与汽车一会车，我的汽车驾驶员也发动车子往前滑行。我在心里只能把他定位为三轮车夫，因为这幢楼住的都是领导干部，谁会亲自蹬三轮车拉建筑材料呢！

（3）下班回家汽车刚停稳，我就看到那三轮车空车从院子里出来。从玻璃窗往外看，【A】那人至少是奔七十的老头，头发明显花白，脸色却非常红润，两条腿蹬三轮车的速度特别快。我仔细一打量，尽管是隔着一层车窗玻璃，但老军长的威武神态还是那么的熟悉。近20年不见，他的面容我还是记得很清楚的。我的心里突然升起几个疑问：李军长也住这幢楼？有这么巧的事？真的能跟李将军零距离？李军长怎么说也是将军，是个呼风唤雨的人物，他家装修还要他运材料？就算退休了，他的部下可是遍布沪宁线呀！他打个电话，这等小事还能搞不定？疑问归疑问，我赶紧下车迎上去。李军长见有人跟他打招呼，非常礼貌地下了车。我仔细一瞧，绝对没有看错，真的是李军长。我迎上前去，激动地自我介绍："李军长，我是政治部的小王呀！"

（4）他仔细地打量着我，握了握我的手，似乎在回忆，嘴里连声说："我想想。"

（5）军长记不清我是谁，这一点儿也不奇怪。他当军长时，一个军几万人，我一个干事，他虽见过，但很难记得。因为我这个级别的军官有几千人，要让他记得我真难为他了。但我记得他，永远记得他。因为一个军也就一个军长，当兵的记住军长并不奇怪。我赶紧提醒他："我是军政治部干部处的小王。"

（6）"噢！王干事，对对对，想起来了，是不是那个会写小说的王干事呀？"还没有等我回答，他望着我的汽车问："现在在哪儿工作？是不是这幢楼的住户？"

（7）我说是的，在市纪委办公室工作。

李军长握住我的手，慈祥而红润的脸上堆满了笑容："欢迎你做邻居。"

（8）接着，他一脸认真地提醒我："当邻居，我虽是你的老军长，可你是纪委干部，可要对我加强监督呀！"

（9）后来我一打听，这幢楼是李将军的别墅拆除后盖起来的。李军长分了两套房，房子的装修都是他自己操办的，零星的材料全是用那辆带拖斗的三轮车拖运回来的。那三轮车还是他的代步工具。在他装修期间，从来没有人看到挂军队牌照的卡车或小汽车出入这个院子。我真的感到很纳闷，他是将军，是一军之长，用辆军车还不是打个电话就能搞定的事。再说，他这个级别的干部是配有专车的，就是退休之后，也有专车。他这个年龄骑三轮车多不方便呀！可他就这样做了。我们就住在一幢楼里，可以说是零距离了，随着时光的推延，对他的了解越来越多，我的心也越来越受到震动，将军的形象在我的心中显得越来越高大。

（10）住这幢楼的干部，最大的是军长，最小的是我——一个副处级的纪检干部。楼里要选楼长。讲起来楼长也是管事的官，但在楼里也就是一个跑腿服务的：垃圾的清理要安排运送，公用费用的分摊要上门收，特别是一些难办的事儿，都得楼长来管。说穿了，既要出力，又得罪人。谁来当楼长？我官职最小，看来这服务的任务理所当然地落到我肩上了。我家属在街道办当干部，她主动要求当楼长。想不到还有比她更主动的。

（11）在征求住户意见时，李军长自告奋勇，语气不容商量，而且讲了一大堆理由，主要理由就一条：整个楼，其他人都还在上班，就他一个离休的，闲着也是闲着，为大家做点事，心里坦然。

（12）“你可是军长呀！”我吃惊地连连摆手，“我家属是街道管社区的，她年轻又熟悉情况，让她来为大家服务吧！”

（13）李将军虽离休几年了，但军长的风范不减当年。他手一挥：“我当楼长，你家属当副楼长，就这么定了！”

（14）我连一句合适的话都找不到，只能不停地点头。军长当楼长，这事我可从来没有听说过。但我毕竟是他的兵，服从命令不容商量。我回家跟家属一说，家属也感到不妥，但也想不出好办法。只能用行动来感激老军长来当这个头儿。

（15）李军长当军长跃马扬鞭，驰骋疆场；当楼长仍然是威风不减，办事雷厉风行，尽心尽力。他没有把自己当成军长，而是始终把自己看作一名楼里的服务员。楼道里的卫生开始全是他打扫，后来找来一个看门带搞卫生的工作人员。他先是与看门的工作人员谈待遇，谈完了又一家一户登门征求意见，然后又一家一户地收费汇总。军长做事很认真，这让楼里的住户们都不敢相信自己的眼睛。收费结束后，他把公摊的费用用一张纸列出清单，张贴在门上。

（16）楼里有了工作人员，必须装公用电、水。他亲自跑供电部门，跑自来水公司。一晃十几年过去了，老军长已经是满头白发，但他仍然当楼长，仍然做着为全楼服务的烦琐事。他的形象在我们的心中越来越高大，我们对他越来越敬佩。

（17）与将军零距离，受到的教育却是百分之一百。

1. 文章开头有什么作用？

____

______________________________。

2. 文章中将军是怎样的形象？请简要分析。

____

______________________________。

3. 请欣赏画线句子的表达效果。

【A】那人至少是奔七十的老头，头发明显花白，脸色却非常红润，两条腿蹬三轮车的速度特别快。

____

______________________________。

4. 文中最能体现将军平民作风的事是哪一件？请简单概括。

____

______________________________。

5．找出文中最画龙点睛的句子。

____

____。

参考答案：

1．文章开头交代了作者与将军的过去和现在的关系。过去作者是干事，将军是首长；现在同住一栋楼，成了邻里关系。由此，引出了作者与将军零距离所见到的让作者敬佩的将军形象。

2．文章中的将军离休后完全是平民的形象。家中的房子装修，将军自己骑三轮车拉购买的建筑材料；楼里选楼长，将军自告奋勇担任楼长，而且理由很充分，大家忙工作，自己离休后有时间忙事儿；当上楼长后，将军要办楼道里的公事，他是挨家挨户上门征求意见。将军从不把自己当将军，他始终把自己当作一名勤务员。

3．【A】句运用形象描写，刻画了一位叱咤风云的将军，离休后作风仍然不减当年。虽然是奔七十的老头，虽然头发已经花白，但“两条腿蹬三轮车的速度特别快”，这里形象地刻画了将军平民的心态和不追求特权的高尚品格。

4．文中最能体现将军平民作风的事是主动担任楼长，主动为全楼住户进行公益服务，赢得了全楼住户的尊敬和爱戴。

5．文中画龙点睛的句子是：与将军零距离，受到的教育是百分之一百。